作者的序

　　第一次看到這本書的企畫內容時，「生活化、有趣」是最吸引我的地方。後來才知道，這本書也出版了英語學習的版本—「生活短句萬用手冊」，目的都是為了解決大家學習外語時最棘手的問題：想說的不會說，字典又查不到。

　　越生活化的內容，越有可能出現「想說的不會說、查不到」的困擾。例如「我有熊貓眼」「信用卡被盜刷」…，即使從字典或翻譯軟體逐字查詢，也未必能拼湊出正確的日文；甚至很多時候，想說的，字典根本查不到。

　　依據原有的企畫架構，並仔細斟酌中日語文的差異，我完成了【日語短句萬用手冊】。希望這一本書，能幫助大家：用簡單的日文，表達"生活中發生在自己身上的大小事"。

★ ★ ★ ★ ★ 本書有160個主題，每個主題都在教你 ★ ★ ★ ★ ★
用**3**句話，
說一個"以你為主角"的故事！

　　進行本書時，我發現「他動詞」「自動詞」「助詞」在「中文想法」變成「日文說法」的過程中，扮演極重要的角色。例如「止める」是「他動詞」，前面用助詞「を」；「鳴った」是「自動詞」，前面用助詞「が」。這些"中文所沒有的文法原則"，應該是學好日文最困難的地方。這也是我在每個句子下面增加解說的原因。

★ ★ ★ ★ ★ 書中每句話下面的解說，都在提醒你 ★ ★ ★ ★ ★
學日文時，
最容易用錯、說錯的地方！

　　最後，希望這本書能讓許多人學到—「原來，這句話的日文這樣說！」

田中祥子

日語短句
萬用手冊

用 3 句話,說一個 "以你為主角" 的故事!

【例如】

4 起床 (p066)

起床的我....

① 起床

我**起床了**。

お
起きた。

② 折被子

我**折棉被**。

ふ と ん　　た た
布団を畳む。

③ 刷牙

我去**刷牙**。

は　　み が　　い
歯を磨きに行く。

【例如】

6 熬夜 （p070）

熬夜的我....

① 整夜沒睡

我昨晚一整夜**沒睡**。

<ruby>昨晚<rt>さくばん</rt></ruby> <ruby>寝<rt>ね</rt></ruby>ていない。

② 打哈欠

我猛**打哈欠**。

<ruby>大<rt>おお</rt></ruby>きな あくび を した。

③ 有熊貓眼

我**有熊貓眼**。

パンダ<ruby>目<rt>め</rt></ruby>になった。

看下一頁

1. 不知道怎麼說的日文
2. 字典查不到的日文
都在這裡！

5 打瞌睡 （p068）

❸ 我突然驚醒。

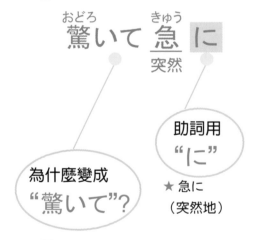

^{おどろ}驚いて ^{きゅう}急 に
　　　　　 突然

助詞用
"に"

★ 急に
（突然地）

為什麼變成
"驚いて"？

★ 驚く（驚訝）→
　驚 いて（驚訝・て形）

$$\boxed{\overset{め}{目}\ を\ \overset{さ}{覚}ました}\ 。$$

用哪一個
"動詞"?

★ 目を覚ます（醒來）
★ 目（眼睛）
★ 覚ま す（醒來）→
　覚ま した（醒來了・た形）

提醒你！

〔覚ます〕是〔他動詞〕，慣用〔…を＋覚ます〕

看下一頁

這一本書的符號說明

(1) 符號說明

＼
★ = 這個字的

字尾變化＆意義

|を＋他動詞| = 句中的「情境、動作」，
日文慣用
★

… を ＋ 他動詞

|が＋自動詞| = 句中的「情境、動作」，
日文慣用
★

… が ＋ 自動詞

助詞 = 學這個句子時，

容易遺漏、弄錯的「助詞」

<ruby>友達<rt>ともだち</rt></ruby>
朋友 = 底線下方，是這個字的

中文意義

(2) 實例解說　（p076）

我和朋友去逛街。

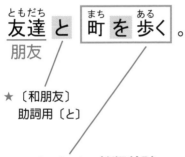

友達<ruby>友達<rt>ともだち</rt></ruby> と　町<ruby>町<rt>まち</rt></ruby> を 歩く<ruby>歩<rt>ある</rt></ruby>。
朋友

★〔和朋友〕
　助詞用〔と〕

★町を歩く（逛街）

★町（街道）
★歩く（走路）

提醒你！

〔歩く〕是〔他動詞〕，慣用〔…を＋歩く〕

看 **日語短句** 的 CD 錄音

看下一頁

這一本書的 CD 錄音（1）

聽懂
「這句話的日文怎麼說」

聽第 **1** 次

【日文整句】慢速度 → 【分段解釋句子】

➤ **❶** 鬧鐘響了。

. . . .

step 1 【聽】

【日文整句】慢速度

→ アラーム が 鳴った。

. . . .

step 2 【聽】

【分段解釋句子】

【一段中文，一段日文】

→「鬧鐘」アラーム

→「... 響了」鳴った

. . . .

【日文分段】慢速度 → 【日本人的口語速度】

➠ ❶ 鬧鐘響了。

･････････････････････････

step 1 【聽】

【日文分段】慢速度

→ アラーム が ／ 鳴った。

･････････････････････････

step 2 【身歷其境，體驗】

【日本人的口語速度】

→ アラーム が 鳴った。

･････････････････････････

➠ 聽 ❷ 我按下鬧鐘。
アラームを止める。

➠ 聽 ❸ 我繼續睡。
続けて眠る。

･････････････････････････➤

看下一頁

這一本書的 CD 錄音（2）

❶❷❸一起聽，專心訓練「日文聽力」

舉例說明 p 060 - 061

先聽到 → ❶ 鬧鐘響了。

再聽到 → 【日本人的】慢速度

アラーム が 鳴った。

....

先聽到 → ❷ 我按下鬧鐘。

再聽到 → 【日本人的】慢速度

アラーム を 止める。

....

先聽到 → ❸ 我繼續睡。

再聽到 → 【日本人的】慢速度

続けて 眠る。

....

聽完只有一個結論

➤ 不僅學會
「這句話的日文怎麼說」

➤ 我的日文聽力也
突飛猛進！

日語
短句 1～160

看下一頁

1~160 日語短句

看 1 ~ 160 的詳細內容

看下一頁

1~8 睡眠

9~18 生活

19~28 生活

29~34 生活

35~44 飲食

55~64 飲食

65~69 飲食

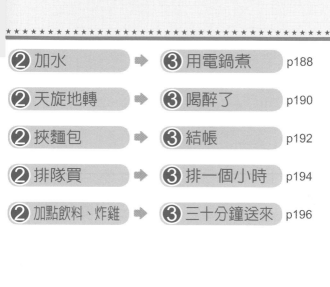

70~78 休閒娛樂

70 看書 ➡ ① 打開書 ➡

71 唱KTV ➡ ① 點歌 ➡

72 戴耳機聽音樂 ➡ ① 戴耳機 ➡

73 看電影 ➡ ① 排隊買票 ➡

74 看電視 ➡ ① 開電視 ➡

75 投籃 ➡ ① 運球 ➡

76 到泳池游泳 ➡ ① 換泳衣 ➡

77 慢跑 ➡ ① 穿慢跑鞋 ➡

78 現場看球 ➡ ① 買票看球 ➡

79~88 外在修飾

89~91 外在修飾

92~101 表達感情

102~111 交通工具

112~114 交通工具

115~124 職場

125~129 職場

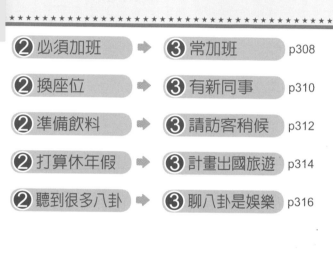

130~137 網路生活

138~147 個人衛生

148~151 健康

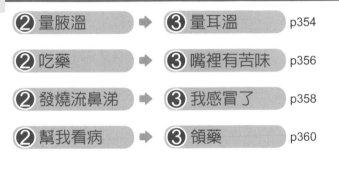

157~160 校園生活

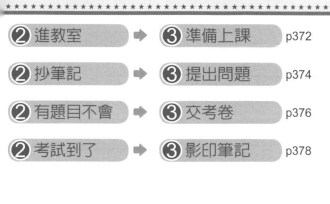

1 鬧鐘響了

1 鬧鐘響 ➡

1 … 鬧鐘響 …

鬧鐘響了。 ➡ アラーム が 鳴った 。

★ アラームが鳴る（鬧鐘響）
★ アラーム（鬧鐘）
★ 鳴る（…聲音響）→
  鳴った（…聲音響了・た形）

2 … 按鬧鐘 …

我按下鬧鐘。 アラーム を 止める 。

★ アラームを止める（按下鬧鐘）
★ アラーム（鬧鐘）
★ 止める（使…停止）

3 … 繼續睡 …

我繼續睡。➡➡➡➡➡➡➡➡➡ 続けて

★ 続けて眠る（繼續睡）
★ 続ける（繼續）→
  続けて（繼續・て形）

② 按鬧鐘 ➡ ③ 繼續睡

* *

〔鳴る〕是〔自動詞〕，慣用〔…が＋鳴る〕

* *

〔止める〕是〔他動詞〕，慣用〔…を＋止める〕

* *

眠る。
ねむ

★眠る（睡覺）

2 賴床

① 鬧鐘響 ➡

① … 一直響 …

鬧鐘一直響。➡➡➡➡➡➡➡➡➡➡➡➡➡

〔鳴り続ける〕是〔自動詞〕，
慣用〔…が＋鳴り続ける〕

② … 家人叫我 …

家人一直叫我起床。　家族 が 起きろ
　　　　　　　　　　　か ぞく　　　　お
　　　　　　　　　　　家人

★ 助詞（無義）

★ 起きる（起床）→
　起きろ（叫…起床・勧誘形）

③ … 不想起床 …

可是我就是不想起床。➡➡➡ でも まだ
　　　　　　　　　　　　　　可是 還是

****

アラーム が 鳴り続けている 。

★ アラームが鳴り続ける（鬧鐘一直響）
★ アラーム（鬧鐘）
★ 鳴り続け る （一直響）→
　鳴り続け ている （正在一直響・ている形）

****

と 言い続けている。

　　★ 言い続け る （一直叫某人做…）→
　　　言い続け ている
　　　（正在一直叫某人做…・ている形）
★〔一直叫某人做…〕用
　〔勧誘形＋と＋言い続ける〕

****

起きたくない。

★ 起き る （起床）→
　起き たくない （不想起床・希望形否定）

1 沒聽到鬧鐘 ➡

1 … 沒 聽 到 鬧 鐘 …

我沒聽到鬧鐘響。

アラームが鳴った

★ アラームが鳴る（鬧鐘響）
★ アラーム（鬧鐘）
★ 鳴る（…聲音響）→
　鳴った（…聲音響了・た形）

〔鳴る〕是〔自動詞〕，
慣用〔…が＋鳴る〕

2 … 沒 人 來 …

也沒人來叫我起床。➡➡ 誰も起こし

★ 誰も…＋否定
　（沒有任何人）

★ 起こす（叫醒某人）→
　起こし（叫醒某人・連用形）

3 … 睡 過 頭 …

我睡過頭了。➡➡➡➡➡➡➡➡➡➡➡➡

★★★★★★★★★★★★★★★★★★★★★★★★★★★★★★★★★★

<u>かどうか</u> 気_きづかなかった。

不確定是不是…

★ 気づ**く**（聽到…）→
気づ **かなかった**（沒聽到… · 否定た形）

★★★★★★★★★★★★★★★★★★★★★★★★★★★★★★★★★★

に 来_こなかった。

★ 来_くる（來）→
来_こなかった（沒來 · 否定た形）

★〔為了…目的來…〕
用〔連用形＋に＋来_くる〕

★★★★★★★★★★★★★★★★★★★★★★★★★★★★★★★★★★

寝_ね過_すごした。

★ 寝過ごす（睡過頭）→
寝過ごした（睡過頭了 · た形）

1 ★★★★★★★★★★★★★★★★★★★★★★★★★★★★★
… 起床 …

我起床了。➡➡➡➡➡➡➡➡➡➡➡➡➡➡➡

2 ★★★★★★★★★★★★★★★★★★★★★★★★★★★★★
… 折棉被 …

我折棉被。➡➡➡➡➡ | 布団 を 畳む |。
　　　　　　　　　　　 ふ とん　　　 たた

★布団を畳む（折棉被）
★布団（棉被）
★畳む（折疊）

3 ★★★★★★★★★★★★★★★★★★★★★★★★★★★★★
… 刷牙 …

我去刷牙。➡➡➡➡➡➡➡➡ | 歯 を 磨き |
　　　　　　　　　　　　　　 は　　　 みが

〔磨く〕是〔他動詞〕，
慣用〔…を＋磨く〕

★歯を磨く（刷牙）
★歯（牙齒）
★磨く（刷）→
　磨き（刷・連用形）

＊＊＊＊＊＊＊＊＊＊＊＊＊＊＊＊＊＊＊＊＊＊＊＊＊＊＊＊＊＊＊＊＊＊＊

起<ruby>き<rt>お</rt></ruby>た。

★ 起きる（起床）→
　起きた（起床了・た形）

＊＊＊＊＊＊＊＊＊＊＊＊＊＊＊＊＊＊＊＊＊＊＊＊＊＊＊＊＊＊＊＊＊＊＊

〔畳む〕是〔他動詞〕，慣用〔…を＋畳む〕

＊＊＊＊＊＊＊＊＊＊＊＊＊＊＊＊＊＊＊＊＊＊＊＊＊＊＊＊＊＊＊＊＊＊＊

に 行<ruby>く<rt>い</rt></ruby>。

　　　★ 行く（去）

★〔為了…目的去做…〕
　用〔連用形＋に＋行く〕

① 眼皮重 ➡

1 … 眼 皮 重 …

我的眼皮越來越重。➡➡➡➡ まぶた が
眼皮

★ 助詞（無義）

2 … 不 小 心 睡 著 …

我不小心睡著了。➡➡➡➡➡ うっかり
不小心

3 … 驚 醒 …

我突然驚醒。➡➡➡➡➡ 驚いて 急 に

おどろ　　きゅう

突然

★ 驚く（驚訝）→
驚 いて（驚訝・て形）

★ 急に（突然地）

* *

<u>どんどん</u> 重^{おも}くなる。

越來越…

★ 重くなる（變重）
★ 重 い（重的・い形容詞）→
　重 く（重的・い形容詞連用形）
★ なる（變成）

* *

寝^ねてしまった。

★ 寝てしま う（睡著）→
　寝てしま った（睡著了・た形）

* *

目^めを覚^さました。

★ 目を覚ます（醒來）
★ 目（眼睛）
★ 覚ま す（醒來）→ 覚ま した（醒來了・た形）

〔覚ます〕是〔他動詞〕，慣用〔…を＋覚ます〕

069

6 熬夜

CD1-6

① 整夜沒睡

1 … 沒 睡 …

我昨晚一整夜沒睡。 ➡➡➡➡➡➡➡ **昨晚**
さくばん
昨晚

2 … 打 哈 欠 …

我猛打哈欠。 ➡➡➡➡➡➡➡➡➡➡ **大きな**
おお
大的

3 … 有 熊 貓 眼 …

我有熊貓眼。 ➡➡➡➡➡➡ **パンダ目 に**
め
熊貓眼

★〔變成…〕
用〔…＋に＋なる〕

★★★

寝ていない。

★ 寝る（睡覺）→
　寝ていない（沒睡・ている形否定）

★★★

| あくび を した |。

★ あくびをする（打哈欠）
★ あくび（哈欠）
★ する（做）→ した（做了・た形）
〔する〕是〔他動詞〕，慣用〔…を＋する〕

★★★

なった。

★ なる（變成…）→
　なった（變成了…・た形）

①　… 翻來覆去 …

我翻來覆去睡不著。 ➡ 眠れず に 何度

ねむ　　　　　　なんど

好幾次

★ 助詞（無義）

★ 眠る（睡覺）→
　眠れず（不能睡覺・可能形否定）

②　… 數綿羊 …

我一直數綿羊。 ➡➡➡➡➡➡➡➡ ずっと

一直

③　… 睡著了 …

我好不容易睡著了。 ➡➡➡➡➡➡ やっと

好不容易

＊＊＊＊＊＊＊＊＊＊＊＊＊＊＊＊＊＊＊＊＊＊＊＊＊＊＊＊＊＊＊＊＊

も｜寝返り を 打つ｜。

★ 何度も　　　　　★ 寝返りを打つ（翻來覆去）
　（好幾次都…）　★ 寝返り（翻身）
　　　　　　　　　★ 打つ（拍、打）

〔打つ〕是〔他動詞〕，
慣用〔…を＋打つ〕

＊＊＊＊＊＊＊＊＊＊＊＊＊＊＊＊＊＊＊＊＊＊＊＊＊＊＊＊＊＊＊＊＊

｜羊 を 数えた｜。

★ 羊を数える（數綿羊）
★ 羊（綿羊）
★ 数える（數）→
　数えた（數了・た形）

〔数える〕是〔他動詞〕，
慣用〔…を＋数える〕

＊＊＊＊＊＊＊＊＊＊＊＊＊＊＊＊＊＊＊＊＊＊＊＊＊＊＊＊＊＊＊＊＊

眠り に ついた。

★ 眠りにつく（睡著）
★ 眠り（睡眠）
★ つく（沾上）→
　ついた（沾上了・た形）

8 作惡夢

CD1-8

1 … 作 惡 夢 …

我作了一個惡夢。

悪夢（あくむ）を見（み）た。

★ 悪夢を見る（作惡夢）
★ 悪夢（惡夢）
★ 見る（看見）→
　見た（看見了・た形）

2 … 大 叫 …

我在夢裡大叫。➡➡➡ 夢（ゆめ）の中（なか）で 大声（おおごえ）

夢裡　　　　　　大聲

★〔在夢裡…〕
　助詞用〔で〕

3 … 嚇 出 冷 汗 …

醒來時我嚇出一身冷汗。 起（お）きたら 全身（ぜんしん）

全身

★ 起きる（醒來）→
　起きたら（一醒來的時候・た形假定）

* *

〔見る〕是〔他動詞〕，慣用〔…を＋見る〕

* *

で 叫_{さけ}んだ。

> ★ 叫 ぶ（喊叫）→
> 叫 んだ（喊叫了・た形）

★〔用大聲的方式〕
助詞用〔で〕

* *

冷_ひや汗_{あせ} を かいていた 。

★ 冷や汗をかく（冒冷汗）
★ 冷や汗（冷汗）
★ かく（冒出）→
かいていた（那時冒出了・ている形た形）

〔かく〕是〔他動詞〕，慣用〔…を＋かく〕

9 逛街購物

1 和朋友逛街 ➡

1 … 去逛街 …

我和朋友去逛街。➡➡➡➡➡➡ 友達 と
ともだち
朋友

★〔和朋友〕
助詞用〔と〕

2 … 逛一家又一家 …

我逛了一家又一家的店。 一軒一軒 の
いっけんいっけん
一家又一家

★〔一家又一家的…〕
助詞用〔の〕

3 … 提著戰利品 …

我手上提著很多戰利品。➡➡➡➡ 手 に
て
手

★〔在手上〕
助詞用〔に〕

② 逛一家又一家 ➡ ③ 拾戰利品

****

まち ある
町 を 歩く 。

★ 町を歩く（逛街）
★ 町（街道）
★ 歩く（走路）

〔歩く〕是〔他動詞〕，慣用〔…を＋歩く〕

****

みせ
店 を まわる 。

★ 店をまわる（逛很多店）
★ 店（商店）
★ まわる（駐足不同的地點）

〔まわる〕是〔他動詞〕，
慣用〔…を＋まわる〕

****

たくさん の 　せん り ひん　　さ
　　　　　　戦利品 を 提げる 。
很多
★〔很多的…〕　　★ 戦利品を提げる（提戰利品）
　助詞用〔の〕　★ 戦利品（戰利品）
　　　　　　　　★ 提げる（提著）

　　　　　〔提げる〕是〔他動詞〕，
　　　　　慣用〔…を＋提げる〕

077

10 包裝禮物

① 挑包裝紙 ➡

1 ··· 挑 包 裝 紙 ···

我挑選漂亮的包裝紙。➡➡ **きれい** な

漂亮的

★〔きれい〕是〔な形容詞〕，接名詞
時，用〔きれい＋な＋名詞〕
★きれいな包裝紙（漂亮的包裝紙）

2 ··· 包 裝 禮 物 ···

我用包裝紙包裝禮物。➡➡➡ **包裝紙** で
　　　　　　　　　　　　　ほうそう し
　　　　　　　　　　　　　包裝紙

★〔用包裝紙〕
　助詞用〔で〕

3 ··· 打 緞 帶 ···

我在禮物上打緞帶。➡➡➡➡ **ギフト** に

禮物

★〔在禮物上〕
　助詞用〔に〕

* *

> ほうそう し　　えら
> 包装紙 を 選ぶ 。

★ 包装紙を選ぶ（挑選包装紙）
★ 包装紙（包装紙）
★ 選ぶ（挑選）

〔選ぶ〕是〔他動詞〕，慣用〔…を＋選ぶ〕

* *

> 　　　　つつ
> ギフト を 包む 。

★ ギフトを包む（包装禮物）
★ ギフト（禮物）
★ 包む（包装）

〔包む〕是〔他動詞〕，
慣用〔…を＋包む〕

* *

> リボン を かける 。

★ リボンをかける（打上緞帶）
★ リボン（緞帶）
★ かける（繫上）

〔かける〕是〔他動詞〕，
慣用〔…を＋かける〕

079

11 塗修正液

① 搖修正液 ➡

1 … 搖 修 正 液 …

我搖一搖修正液。　| 修正液 を 振る |

★ 修正液を振る（搖修正液）
★ 修正液（修正液）
★ 振る（搖）

2 … 塗 掉 錯 字 …

我用修正液塗掉錯字。➡➡ **修正液 で**
修正液

★〔用修正液〕
　助詞用〔で〕

3 … 等 修 正 液 乾 …

我等修正液乾。➡➡ **修正液 が 乾く**

★ 修正液が乾く（修正液乾）
★ 修正液（修正液）
★ 乾く（乾）

〔乾く〕是〔自動詞〕，
慣用〔…が＋乾く〕

****

〔振る〕是〔他動詞〕，慣用〔…を＋振る〕

****

間違った字 を 消す 。

★ 間違った字を消す（塗掉錯字）
★ 間違った字（錯字）
★ 間違う（錯誤）→ 間違った（錯誤的・た形）
★ 消す（去掉）

〔消す〕是〔他動詞〕，慣用〔…を＋消す〕

****

の を 待つ。

★ 待つ（等待）

★ 助詞（無義）

★ 助詞（指〔修正液が乾く〕）

① 拿鑰匙 ➡

1 … 拿出鑰匙 …

我拿出鑰匙。➡ ➡ ➡ | 鍵 **を** 出す | 。
　　　　　　　　　　　　かぎ　　だ

★ 鍵を出す（拿出鑰匙）
★ 鍵（鑰匙）
★ 出す（拿出）

2 … 把鑰匙插入 …

我將鑰匙插入鑰匙孔。➡ ➡ ➡ 鍵穴 **に**
　　　　　　　　　　　　　かぎあな
　　　　　　　　　　　　　鑰匙孔

★〔插入鑰匙孔〕
　助詞用〔に〕

3 … 開門 …

我用鑰匙開門。➡➡➡➡➡➡➡➡ 鍵 **で**
　　　　　　　　　　　　　　　　かぎ
　　　　　　　　　　　　　　　　鑰匙

★〔用鑰匙〕
　助詞用〔で〕

* *

〔出す〕是〔他動詞〕，慣用〔…を＋出す〕

* *

鍵 を 挿す 。

★ 鍵を挿す（將鑰匙插入）
★ 鍵（鑰匙）
★ 挿す（插入）

〔挿す〕是〔他動詞〕，慣用〔…を＋挿す〕

* *

ドア を 開ける 。

★ドアを開ける（打開門）
★ドア（門）
★開ける（打開）

〔開ける〕是〔他動詞〕，慣用〔…を＋開ける〕

13 抽菸

CD1-13

① 點菸 ➡

1 … 點菸 …

我點燃香菸。➡➡➡➡➡➡➡ タバコ に

香菸

★〔在香菸上點火〕
助詞用〔に〕

2 … 抽菸 …

我抽菸。➡➡➡➡ タバコ を 吸う 。

★ タバコを吸う（抽菸）
★ タバコ（香菸）
★ 吸う（吸入）

3 … 把菸灰撢入 …

我把菸灰撢入菸灰缸。➡➡➡ 灰皿 に

はいざら

菸灰缸

★〔撢入菸灰缸〕
助詞用〔に〕

* *

火 を つける

ひ

★ 火をつける（點火）
★ 火（火）
★ つける（點燃）

〔つける〕是〔他動詞〕，慣用〔…を＋つける〕

* *

〔吸う〕是〔他動詞〕，慣用〔…を＋吸う〕

* *

灰 を 捨てる

はい　　す

★ 灰を捨てる（撢掉菸灰）
★ 灰（菸灰）
★ 捨てる（丟掉）

〔捨てる〕是〔他動詞〕，慣用〔…を＋捨てる〕

① 推著推車 ➡

1 … 推 賣 場 推 車 …

我推了一輛賣場推車。➡➡➡➡➡➡➡

〔押す〕是〔他動詞〕，慣用〔…を＋押す〕

2 … 放 入 推 車 …

我把要買的東西放入賣場推車。

➡➡➡➡➡➡➡ ショッピングカート に
　　　　　　　　　　　賣場推車

★〔放入賣場推車〕
助詞用〔に〕

3 … 結 帳 …

我到收銀台結帳。➡➡➡➡➡➡➡ レジ で
　　　　　　　　　　　　　　收銀台

★〔在收銀台〕
助詞用〔で〕

❷ 東西放入推車 ➡ ❸ 結帳

★★★★★★★★★★★★★★★★★★★★★★★★★★★★★★★★★★★★

ショッピングカート を 押す 。

★ ショッピングカートを押す（推賣場推車）
★ ショッピングカート（賣場推車）
★ 押す（推）

★★★★★★★★★★★★★★★★★★★★★★★★★★★★★★★★★★★★

★ 欲しいものを入れる（放入要買的東西）

欲しいもの を 入れる 。

★ 欲しいもの（要買的東西）
★ 欲しい（想要的・い形容詞）
★ もの（東西）★ 入れる（放入）

〔入れる〕是〔他動詞〕，慣用〔…を＋入れる〕

★★★★★★★★★★★★★★★★★★★★★★★★★★★★★★★★★★★★

かいけい
会計する。

★ 会計する
（結帳）

15 搭電梯

1 電梯門開 ➡

1 … 電梯門開 …

電梯門開了。➡➡➡➡➡➡➡➡➡➡➡➡➡

〔開く〕是〔自動詞〕，慣用〔…が＋開く〕

2 … 走 進 電 梯 …

我走進電梯。➡➡➡ エレベーター に
電梯

★〔走進電梯〕
助詞用〔に〕

3 … 按 下 樓 層 按 鈕 …

我按下要去的樓層按鈕。行きたい 階 の
樓層

★行く（去）→
行きたい（想去・希望形）
★行きたい階（想要去的樓層）

★〔樓層的…〕
助詞用〔の〕

****

| エレベーター が 開^{ひら}く |。

★ エレベーターが開く（電梯門開了）
★ エレベーター（電梯）
★ 開く（打開）

****

入^{はい}る。

★ 入る（進入）

****

| ボタン を 押^おす |。

★ ボタンを押す（按下按鈕）
★ ボタン（按鈕）
★ 押す（按下）

〔押す〕是〔他動詞〕，慣用〔…を＋押す〕

16 用提款機提款

① 插入提款卡 ➡

1 … 插 入 提 款 卡 …

我將卡片插入提款機。➡ A T M に
エー ティー エム
提款機

★〔插入提款機〕
助詞用〔に〕

2 … 輸 入 密 碼 及 金 額 …

我輸入密碼和提款金額。 パスワード と
密碼

★〔密碼和…〕
助詞用〔と〕

3 … 領 現 金 及 明 細 表 …

我領取現金和明細表。➡➡➡ 現金 と
げんきん
現金

★〔現金和…〕
助詞用〔と〕

* *

| カード を 入(い)れる |。

★ カードを入れる（將卡片插入）
★ カード（卡片）
★ 入れる（放入）

〔入れる〕是〔他動詞〕，
慣用〔…を＋入れる〕

* *

| 下(お)ろす金額(きんがく) を 入力(にゅうりょく)する |。

★ 下ろす金額を入力する（輸入提款金額）
★ 下ろす金額（提款金額）★ 下ろす（提取）
★ 金額（金額）★ 入力する（輸入）

〔入力する〕是〔他動詞〕，
慣用〔…を＋入力する〕

* *

| 明細票(めいさいひょう) を 受(う)け取(と)る |。

★ 明細票を受け取る（領取明細表）
★ 明細票（明細表）
★ 受け取る（領取）

〔受け取る〕是〔他動詞〕，
慣用〔…を＋受け取る〕

091

① 封信 ➡

1 … 把信封好 …

我把信封好。➡➡➡➡➡➡➡ <ruby>封筒<rt>ふうとう</rt></ruby> に
　　　　　　　　　　　　　　　信封

★〔在信封上〕
　助詞用〔に〕

2 … 貼郵票 …

我貼上郵票。➡➡➡ <ruby>切手<rt>きって</rt></ruby> を <ruby>貼る<rt>は</rt></ruby> 。

★切手を貼る（貼上郵票）
★切手（郵票）
★貼る（貼上）

3 … 投入郵筒 …

我將信投入郵筒。➡➡➡➡ ポスト に
　　　　　　　　　　　　　　　郵筒

★〔投入郵筒〕
　助詞用〔に〕

★★

ふう
| 封 を する |。

★ 封をする（封住封口）
★ 封（封口）
★ する（做）

〔する〕是〔他動詞〕，慣用〔…を＋する〕

★★

〔貼る〕是〔他動詞〕，慣用〔…を＋貼る〕

★★

て がみ   い
| 手紙 を 入れる |。

★ 手紙を入れる（將信投入）
★ 手紙（信）
★ 入れる（放入）

〔入れる〕是〔他動詞〕，慣用〔…を＋入れる〕

18 搶著付帳

① 買單 ➡

1 … 我 買 單 …

我到櫃臺買單。 ➡➡➡➡ **カウンター で**
　　　　　　　　　　　　　　櫃臺

★〔在櫃臺〕
　助詞用〔で〕

2 … 有 人 搶 著 付 帳 …

我的朋友搶著付帳。 ➡➡➡➡ **友達 が**
　　　　　　　　　　　　　　　ともだち
　　　　　　　　　　　　　　　朋友

★ 助詞（無義）

3 … 我 不 讓 別 人 付 帳 …

我堅持不讓對方付帳。 ➡➡➡ **相手 に**
　　　　　　　　　　　　　　あい て
　　　　　　　　　　　　　　對方

★〔讓某人做…〕
　助詞用〔に〕

****

かいけい
会計 を する 。

★ 会計をする（買單）
★ 会計（付款）
★ する（做）

〔する〕是〔他動詞〕，慣用〔…を＋する〕

****

し はら　　　　　　　　　　　　　 い　は
支払い を する と 言い張る。

★ 支払いをする（付帳）
★ 支払い（付帳）
★ する（做）

〔する〕是〔他動詞〕，
慣用〔…を＋する〕

★ 言い張る（堅持）

★〔堅持說要…〕
用〔…と＋言い張る〕

****

し はら　　　　　　　　　　　　　　　　しゅちょう
支払い は させない と 主張する。
付帳

★ 助詞（無義）

★〔主張要…〕
用〔…と＋主張する〕

★ 主張する（主張）

★ する（做）→
させない（不讓…做…・使役否定形）

095

19 蓋章

 ① 打開印泥 ➡

1 … 打開印泥 …

我打開印泥。➡➡ 朱肉（しゅにく）を 開（あ）ける 。

★ 朱肉を開ける（打開印泥）
★ 朱肉（印泥）
★ 開ける（打開）

2 … 沾印泥 …

我拿印章沾印泥。➡➡➡➡➡➡ 朱肉（しゅにく）に
　　　　　　　　　　　　　　　　印泥

★〔在印泥上〕
　助詞用〔に〕

3 … 蓋章 …

我在文件上蓋章。➡➡➡➡➡➡ 書類（しょるい）に
　　　　　　　　　　　　　　　　文件

★〔在文件上〕
　助詞用〔に〕

② 沾印泥 ➡ ③ 蓋章

* *

〔開ける〕是〔他動詞〕，慣用〔…を＋開ける〕

* *

はんこ
判子 を つける 。

★判子をつける（用印章沾取）
★判子（印章）
★つける（沾上）

〔つける〕是〔他動詞〕，慣用〔…を＋つける〕

* *

はん　　お
判 を 押す 。

★判を押す（蓋章）
★判（印章）
★押す（按壓）

〔押す〕是〔他動詞〕，慣用〔…を＋押す〕

097

20 讓座

CD1-20

① 老人家上車 ➡

1 …老人家上車…

我看見一位老人家上了公車。 老人 **が**
ろうじん
老人

★ 助詞
（無義）

2 …我讓座…

我起身讓座。➡➡➡➡➡➡➡➡ 立って
た

★ 立 つ（起身）→
立 って（起身・て形）

3 …一直向我道謝…

對方一直向我道謝。 相手 **は** 何度
あいて　　　なんど
對方　　　好幾次

★ 助詞（無義）

❷ 我讓座 ➡ ❸ 對方向我道謝

* *

バスに乗るのを見る。
公車

★ 見る（看見）

★ 助詞（無義）

★ 乗る
（乘坐）

★ 助詞（指〔バスに乗る〕）

★〔搭乗…〕用
〔…に＋乗る〕

* *

席を譲る。

★ 席を譲る（讓座）
★ 席（座位）
★ 譲る（謙讓）

〔譲る〕是〔他動詞〕，慣用〔…を＋譲る〕

* *

も礼を言う。

★ 何度も…
（好幾次都…）

★ 礼を言う（道謝）
★ 礼（感謝）
★ 言う（說）

〔言う〕是〔他動詞〕，
慣用〔…を＋言う〕

① 看到朋友 ➡

① …看到朋友…

我在路上看到朋友。➡➡➡➡➡➡➡ 道 で
<ruby>みち</ruby>
道路

★〔在路上…〕
助詞用〔で〕

② …叫住朋友…

我叫住朋友。➡➡➡➡➡➡➡➡➡➡➡➡➡

〔呼び止める〕是〔他動詞〕，
慣用〔…を＋呼び止める〕

③ …站著聊…

我們站著聊了一會兒。➡➡➡➡ しばらく
一會兒

友

****

> ともだち み
> 友達 を 見かける 。

★ 友達を見かける（看到朋友）
★ 友達（朋友）
★ 見かける（看到）

〔見かける〕是〔他動詞〕，
慣用〔…を＋見かける〕

****

> ともだち よ と
> 友達 を 呼び止める 。

★ 友達を呼び止める（叫住朋友）
★ 友達（朋友）
★ 呼び止める（叫住）

****

> た ばなし
> 立ち話 を した 。

★ 立ち話をする（站著聊天）
★ 立ち話（站著聊天）
★ する（做）→ した（做了・た形）

〔する〕是〔他動詞〕，慣用〔…を＋する〕

22 燙衣服

① 預熱熨斗 ➡

① … 預 熱 熨 斗 …

我預熱熨斗。➡➡➡➡➡➡➡➡➡➡➡➡➡

〔使…變熱〕，慣用〔…を＋熱くする〕

② … 將 衣 服 攤 平 …

我將衣服攤平在燙衣板上。 アイロン台
だい

燙衣板

③ … 燙 衣 服 …

我用熨斗燙衣服。➡➡➡➡➡➡ 服 に
ふく

衣服

★〔在衣服上…〕
助詞用〔に〕

****

アイロン を 熱くする 。

★アイロンを熱くする（預熱熨斗）
★アイロン（熨斗）
★熱くする（使…變熱）

****

の 上 に 服 を 広げる 。
　　上面

★〔在上面…〕　　　★服を広げる（將衣服攤平）
　助詞用〔に〕　　　★服（衣服）
　　　　　　　　　　★広げる（攤平）

★〔燙衣板的…〕　　〔広げる〕是〔他動詞〕，
　助詞用〔の〕　　慣用〔…を＋広げる〕

****

アイロン を かける 。

★アイロンをかける（熨燙）
★アイロン（熨斗）
★かける（掛上、附加上）

〔かける〕是〔他動詞〕，慣用〔…を＋かける〕

23 遭遇搶劫

CD1-23

① 走在路上 ➡

1 … 走 在 路 上 …

我走在路上。➡➡➡ 道 を 歩く 。

★ 道を歩く（走在路上）
★ 道（道路）
★ 歩く（走路）

2 … 機 車 從 後 面 過 …

一輛機車從我後面呼嘯而過。

➡➡➡➡➡➡➡ オートバイ が 大きな
　　　　　　　　　　機車　　　　大的

★ 助詞（無義）

3 … 被 搶 走 …

我的包包被搶走了。➡➡➡➡ バッグ が
　　　　　　　　　　　　　　　包包

★ 助詞（無義）

〔歩く〕是〔他動詞〕，慣用〔…を＋歩く〕

★ 過ぎていく（經過後離去）

音<small>おと</small>を立<small>た</small>てて 過<small>す</small>ぎていく。

★ 音を立てる（發出聲響）
★ 音（聲音）
★ 立てる（響起）→ 立てて（響起・て形）

〔立てる〕是〔他動詞〕，慣用〔…を＋立てる〕

盗<small>ぬす</small>まれた。

★ 盗む（搶劫）→
　盗まれた（被搶劫了・た形）

① 陌生人來電 ➡

❶ … 接 到 … 來 電 …

我接到陌生人來電。 ➡ 知らない人 の

人

★ 知る（認識）→
　知らない（不認識・否定形）
★ 知らない人（陌生人）

★〔陌生人的…〕
　助詞用〔の〕

❷ … 說 莫 名 其 妙 的 事 …

對方說了一些莫名其妙的事。

➡➡➡ 相手 は わけ の わからない

對方　　　　　　　　莫名其妙

★ 助詞（無義）

❸ … 我 … 掛 斷 電 話 …

我懶得理他馬上掛斷電話。

➡➡➡➡➡➡➡ 相手 を する の が

★ 相手をする（理會對方）
★ 相手（對方）★ する（當作…）

〔する〕是〔他動詞〕，
慣用〔…を＋する〕

★ 助詞
（無義）

★ 助詞
（指〔相手をする〕）

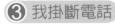

$$\boxed{\text{電話 を 受ける}}。$$

★ 電話を受ける（接電話）
★ 電話（電話）
★ 受ける（接受）

〔受ける〕是〔他動詞〕，
慣用〔…を＋受ける〕

$$\boxed{\text{こと を 言う}}。$$

★ …ことを言う（說…樣的事）
★ こと（事情）
★ 言う（說）

〔言う〕是〔他動詞〕，慣用〔…を＋言う〕

★〔面倒〕是〔な形容詞〕，
　接ので時，用〔面倒＋な＋ので〕

面倒 な の で $\boxed{\text{電話 を 切る}}$ 。
麻煩的

★ 電話を切る（掛斷電話）
★ 助詞　　　　★ 電話（電話）★ 切る（切斷）
（表示因為…）
〔切る〕是〔他動詞〕，
慣用〔…を＋切る〕

① 寵物生病 ➡

1 …寵物生病…

我的寵物生病了。➡➡➡➡➡ ペット が
寵物

★助詞（無義）

2 …帶…到獸醫院…

我帶牠到獸醫院。➡➡ 動物病院 へ
どうぶつびょういん
獸醫院

★〔往…去〕
助詞用〔へ〕

3 …打針開藥方…

醫生幫牠打針並開藥方。 ★助詞（無義）

➡➡➡➡➡➡ 医者 は 注射 を して
いしゃ　　　　ちゅうしゃ
醫生

★注射をする（打針）★注射（打針）
★する（做）→ して（做・て形）
〔する〕是〔他動詞〕，慣用〔…を＋する〕

108

* *

びょう き
病気 に なる。
疾病

★なる（變成）

★〔變成…〕用〔…＋に＋なる〕
★病気になる（生病）

* *

つ   い
ペット を 連れて行く 。

★ペットを連れて行く（帶寵物去）
★ペット（寵物）
★連れて行く（帶…去）

〔帶…去〕，慣用〔…を＋連れて行く〕

* *

くすり   しょほう
薬 を 処方した 。

★薬を処方する（開藥方）★薬（藥）
★処方する（調配用藥）

〔処方する〕是〔他動詞〕，
慣用〔…を＋処方する〕

26 戒菸

① 決定戒菸 ➡

1 … 決 定 戒 菸 …

我決定戒菸。 ➡➡➡➡➡➡➡➡➡➡➡➡➡

〔決意する〕是〔他動詞〕，
慣用〔…を＋決意する〕

2 … 想 抽 菸 … 嚼 口 香 糖 …

想抽菸時，我就吃口香糖。

➡➡➡➡ <u>タバコ</u> **が** 吸^すいたくなったら

香菸

★ 助詞
（無義）

★ 吸いたくなったら（想抽菸的話）
★ 吸 う（吸）→ 吸 いたく
（想吸・希望連用形）
★ な る（變成）→ な ったら
（變成的話・た形假定）

3 … 戒 菸 … 痛 苦 的 事 …

我覺得戒菸是件很痛苦的事。 禁煙^{きんえん} **は**

戒菸

★ 助詞（無義）

＊＊＊＊＊＊＊＊＊＊＊＊＊＊＊＊＊＊＊＊＊＊＊＊＊＊＊＊＊＊＊

| 禁煙 を 決意する | 。

★ 禁煙を決意する（決定戒菸）
★ 禁煙（戒菸）
★ 決意する（決定）

＊＊＊＊＊＊＊＊＊＊＊＊＊＊＊＊＊＊＊＊＊＊＊＊＊＊＊＊＊＊＊

| ガム を 噛む | 。

★ ガムを噛む（吃口香糖）
★ ガム（口香糖）
★ 噛む（嚼）

〔噛む〕是〔他動詞〕，慣用〔…を＋噛む〕

＊＊＊＊＊＊＊＊＊＊＊＊＊＊＊＊＊＊＊＊＊＊＊＊＊＊＊＊＊＊＊

とても 苦しい こと だ と 感じる。
非常　　痛苦的　事情

★ 感じる（覺得）

★〔覺得是…樣的事〕
　用〔…こと＋だ＋と＋感じる〕

111

27 配眼鏡

① 去驗光 ➡

1
… 到 … 驗 光 …

我到眼鏡行驗光。➡➡➡➡➡ **眼鏡店** で
めがねてん
眼鏡行

★〔在眼鏡行〕
助詞用〔で〕

2
… 挑 鏡 框 …

我挑選喜歡的鏡框。➡➡➡➡➡ **好き** な
す
喜歡

★〔好き〕是〔な形容詞〕，
接名詞時，用〔好き＋な＋名詞〕
★ 好きなフレーム（喜歡的鏡框）

3
… 戴 新 眼 鏡 …

我戴上了新的眼鏡。➡➡➡➡➡ **新しい**
あたら
新的

* *

けんがん
検眼する。

★ 検眼する（驗光）

* *

| フレーム を 選ぶ |。

★ フレームを選ぶ（挑選鏡框）
★ フレーム（鏡框）
★ 選ぶ（挑選）

〔選ぶ〕是〔他動詞〕，慣用〔…を＋選ぶ〕

* *

| 眼鏡 を かける |。

★ 眼鏡をかける（戴眼鏡）
★ 眼鏡（眼鏡）
★ かける（戴上）

〔かける〕是〔他動詞〕，慣用〔…を＋かける〕

113

1
… 覺 得 無 聊 …

我覺得無聊。➡➡➡➡➡➡ つまらなく

★ つまらなく感じる（覺得無聊）
★ つまらない（無聊・い形容詞）→
つまらなく（無聊・い形容詞連用形）

2
… 打 電 話 … 聊 天 …

我打電話和朋友聊天。➡➡➡ 電話で
でんわ
電話

★〔用電話〕
助詞用〔で〕

3
… 聊 兩 個 小 時 …

我一聊聊了兩個小時。➡➡➡➡ 二時間
に じ かん
兩個小時

聊天

❷ 打電話給朋友 ➡ ❸ 聊兩個小時

* *

<ruby>感<rt>かん</rt></ruby>じる。

★ 感じる（感覺）

* *

<ruby>友達<rt>ともだち</rt></ruby> と おしゃべりする。
朋友

★ おしゃべりする（聊天）

★〔和朋友〕
　助詞用〔と〕

* *

おしゃべりした。

★ おしゃべりする（聊天）→
　おしゃべりした（聊過了・た形）

29 聊八卦

① 聽到八卦 ➡

1 ··· 聽 到 八 卦 ···

一旦我聽到某件八卦， ➡➡➡➡➡ **ある**
某件

2 ··· 不 說 很 難 過 ···

不說出來我會很不舒服。

➡➡➡➡➡➡➡➡ 誰か に 言わない
だれ　　　　　い
某人

★〔向某人〕
助詞用〔に〕

★ 言う（說）→
言わない
（不說・否定形）

3 ··· 也 愛 八 卦 ···

我的朋友也愛聊八卦。 ➡➡➡ 友達 も
ともだち
朋友

★〔朋友也…〕
助詞用〔も〕

116

* *

うわさばなし
噂 話 を 聞く と、

★ 助詞（表示如果…就…）
★ 聞くと（如果聽到就…）

★ 噂話を聞く（聽到八卦）
★ 噂話（八卦）★ 聞く（聽到）

〔聞く〕是〔他動詞〕，慣用〔…を＋聞く〕

* *

★ 助詞（表示如果…就…）
★ 言わないと（如果不說就…）

お　　つ
と 落ち着かない。

★ 落ち着く（冷靜）→
落ち着かない（不冷靜・否定形）

* *

うわさばなし　　　　だい す
噂 話 が 大好き だ。
八卦　　　　　非常喜愛（斷定助動詞）

★ 助詞（無義）

30 被雨淋濕

① 下大雨 ➡

1 … 下雨 …

突然下起大雨。➡➡➡➡➡➡➡➡➡ <ruby>急<rt>きゅう</rt></ruby> に
突然

★ 急に
（突然地）

2 … 沒帶傘 …

我沒帶傘。➡➡➡➡➡➡➡➡➡➡➡➡➡➡➡

〔持つ〕是〔他動詞〕，慣用〔…を＋持つ〕

3 … 被淋濕了 …

我被雨淋成落湯雞了。➡ ずぶ<ruby>濡<rt>ぬ</rt></ruby>れ に
落湯雞

★〔變成了…〕
用〔…に＋なってしまう〕

****

<ruby>大雨<rt>おおあめ</rt></ruby> が <ruby>降<rt>ふ</rt></ruby>る 。

★大雨が降る（下起大雨）
★大雨（大雨）
★降る（降下）

〔降る〕是〔自動詞〕，慣用〔…が＋降る〕

****

<ruby>傘<rt>かさ</rt></ruby> を <ruby>持<rt>も</rt></ruby>っていない 。

★傘を持つ（帶傘）
★傘（雨傘）
★持つ（帶）→
　持っていない（沒帶・ている否定形）

****

なってしまった。

★なってしまう（變成了）→
　なってしまった（已經變成了・た形）

119

1 ★★★★★★★★★★★★★★★★★★★★★★★★★★★★★★★★★

… 參 加 … 婚 宴 …

我參加朋友的婚宴。➡➡➡➡➡ **友達** の

朋友

★〔朋友的〕
助詞用〔の〕

2 ★★★★★★★★★★★★★★★★★★★★★★★★★★★★★★★★★

… 穿 得 喜 氣 …

我穿得很喜氣。➡➡➡➡➡ **お祝い** の

喜慶

★〔喜慶的…〕
助詞用〔の〕

3 ★★★★★★★★★★★★★★★★★★★★★★★★★★★★★★★★★

… 準 備 紅 包 …

我準備了禮金。➡➡➡➡➡➡➡➡➡➡➡➡

〔用意する〕是〔他動詞〕，
慣用〔…を＋用意する〕

* *

けっこんしき　　　さん か
結婚式 に 参加する。
　婚宴

　　　　　★ 参加する（参加）

★〔参加…〕
　用〔…に＋参加する〕

* *

よそお
装い を する 。

　　★ 装いをする（打扮）
　　★ 装い（裝扮）
　　★ する（做）

　　〔する〕是〔他動詞〕，
　　慣用〔…を＋する〕

* *

しゅうぎ　　　よう い
ご祝儀 を 用意した 。

★ ご祝儀を用意する（準備禮金）
★ ご祝儀（禮金）
★ 用意 する（準備）→
　用意 した（準備了・た形）

32 當媒人

① 兩個朋友單身 ➡

1 ··· 兩 個 朋 友 單 身 ···

我有**兩個朋友**都是單身。➡➡ <ruby>独身<rt>どくしん</rt></ruby> **の**
　　　　　　　　　　　　　　　　　單身

★〔單身的…〕
助詞用〔の〕

2 ··· 他 們 應 該 速 配 ···

我覺得**他們**應該很速配。➡➡ <ruby>二人<rt>ふたり</rt></ruby> **は**
　　　　　　　　　　　　　　　　兩個人

★助詞（無義）

3 ··· 介 紹 他 們 認 識 ···

我打算**介紹他們認識**。

➡➡➡➡➡➡➡➡➡➡➡➡➡➡➡➡➡➡➡

〔紹介する〕是〔他動詞〕，
慣用〔…を＋紹介する〕

★★★

<u>友達</u> が <u>二人</u> いる。
ともだち　　　ふたり
朋友　　　　兩個人

★ いる（有）

★ 助詞（無義）

★★★

<u>気 が 合う</u> だろう と <u>思う</u>。
き　　あ　　　　　　　　　　　おも
　　　　　　　應該…吧

★ 氣が合う（速配）　　　　　　　★ 思う（覺得）
★ 気（性格）
★ 合う（適合）　　　　　　　★〔覺得是…〕
〔合う〕是〔自動詞〕,　　　　用〔…と＋思う〕
慣用〔…が＋合う〕

★★★

★〔打算要…〕用〔…と＋思う〕

<u>二人 を 紹介しよう</u> と <u>思う</u>。
ふたり　　しょうかい　　　　　　おも

★ 二人を紹介する（介紹兩人認識）
★ 紹介 する（介紹）→
　紹介 しよう（我想介紹・意向形）　★ 思う（打算）

123

① 接到電訪 ➡

1 ··· 接 到 電 訪 ···

我接到電話訪問的電話。➡ アンケート
　　　　　　　　　　　　　　　　意見調査

2 ··· 拒 絶 受 訪 ···

我拒絶受訪。➡➡➡➡➡➡➡➡➡➡➡➡➡

〔拒否する〕是〔他動詞〕，
慣用〔…を＋拒否する〕

3 ··· 答 應 受 訪 ···

我答應受訪。➡➡➡➡➡➡ アンケート に
　　　　　　　　　　　　意見調査

★〔答應做…〕
用〔…に＋応じる〕

★★

の 電話 を 受ける 。

★〔意見調査的…〕　　　★電話を受ける（接電話）
　助詞用〔の〕　　　　★電話（電話）
　　　　　　　　　　　★受ける（接受）

〔受ける〕是〔他動詞〕，
慣用〔…を＋受ける〕

★★

アンケート を 拒否する 。

★アンケートを拒否する（拒絶受訪）
★アンケート（意見調査）
★拒否する（拒絶）

★★

応じる。

★応じる（答應）

CD2-7

① 遺失 ➡

① … 遺 失 …

我遺失信用卡。➡➡➡➡➡➡➡➡➡➡➡➡

〔なくす〕是〔他動詞〕，慣用〔…を＋なくす〕

② … 掛 失 …

我掛失信用卡。➡ <u>クレジットカード</u> の
　　　　　　　　　　信用卡

★〔信用卡的…〕
　助詞用〔の〕

③ … 被 盜 刷 …

我的信用卡遭到盜刷。➡➡➡ 盜まれた（ぬす）

★ 盜 む（偷竊）→
　盜 まれた（被偷的・被動た形）

126

❷ 掛失 ➡ ❸ 被盜刷

* *

| クレジットカード を なくした |。

★ クレジットカードをなくす（遺失信用卡）
★ クレジットカード（信用卡）
★ なくす（遺失）→
　なくした（遺失了・た形）

* *

| 紛失届け を 出す |。
　ふんしつとど　　だ

★ 紛失届けを出す（掛失）
★ 紛失届け（遺失登記）
★ 出す（提出）

〔出す〕是〔他動詞〕，
慣用〔…を＋出す〕

* *

クレジットカード が 悪用された。
　信用卡　　　　　　　あくよう

★ 助詞（無義）

　★ 悪用する（濫用）→
　　悪用された（被濫用了・被動た形）

127

35 烤吐司

① 放入吐司 ➡

1 … 把 吐 司 放 入 …

我把吐司放入烤麵包機。 **トースター に**

烤麵包機

★〔放入烤麵包機〕
助詞用〔に〕

2 … 按 下 開 關 …

我按下烤麵包機的開關。➡➡ **トースター**

烤麵包機

3 … 吐 司 彈 起 來 …

吐司彈起來。➡➡➡➡➡➡➡➡➡➡➡➡➡

〔飛び出す〕是〔自動詞〕，
慣用〔…が＋飛び出す〕

****

| トースト を 入れる |。

★トーストを入れる（把吐司放入）
★トースト（吐司）
★入れる（放入）

〔入れる〕是〔他動詞〕，
慣用〔…を＋入れる〕

****

の | スイッチ を 押す |。

★〔烤麵包機的…〕
助詞用〔の〕

★スイッチを押す（按下開關）
★スイッチ（開關）
★押す（按下）

〔押す〕是〔他動詞〕，
慣用〔…を＋押す〕

****

| トースト が 飛び出してくる |。

★トーストが飛び出してくる（吐司彈起來）
★トースト（吐司）
★飛び出す（飛出）→
飛び出してくる（飛出後落下・てくる形）

36 塗果醬

① 打開果醬 ⇒

① … 打 開 果 醬 …

我打開果醬。⇒⇒⇒⇒⇒⇒⇒⇒⇒⇒⇒⇒

〔開ける〕是〔他動詞〕，
慣用〔…を＋開ける〕

② … 挖 果 醬 …

我挖起果醬。⇒ | ジャム を すくう |。

★ジャムをすくう（挖起果醬）
★ジャム（果醬）
★すくう（舀起）

③ … 塗 果 醬 …

我將果醬塗在吐司上。⇒⇒ **トースト に**

吐司

★〔在吐司上〕
助詞用〔に〕

130

* *

ジャム を 開ける 。

★ジャムを開ける（打開果醬）
★ジャム（果醬）
★開ける（打開）

* *

〔すくう〕是〔他動詞〕，慣用〔…を＋すくう〕

* *

ジャム を 塗る 。

★ジャムを塗る（塗果醬）
★ジャム（果醬）
★塗る（塗抹）

〔塗る〕是〔他動詞〕，慣用〔…を＋塗る〕

CD2-10

① 倒鮮奶 →

1 ··· 倒 鮮 奶 ···

我倒鮮奶。→→→ | ミルク を 注ぐ | 。
　　　　　　　　　　　　　　　　そそ

★ミルクを注ぐ（倒鮮奶）
★ミルク（鮮奶）
★注ぐ（倒入）

2 ··· 放 微 波 爐 加 熱 ···

我把鮮奶放入微波爐加熱。

→→→→→→→→→→→ 電子レンジ で
　　　　　　　　　　　でんし
　　　　　　　　　　　微波爐

★〔用微波爐〕
　助詞用〔で〕

3 ··· 拿 出 鮮 奶 ···

我從微波爐拿出熱好的鮮奶。

→→→→→→→ 電子レンジ から 熱い
　　　　　　　でんし　　　　　　あつ
　　　　　　　微波爐　　　　　　熱的

★〔從微波爐…〕
　助詞用〔から〕

❷ 放微波爐加熱 ➡ **❸** 拿出熱好的鮮奶

* *

〔注ぐ〕是〔他動詞〕，慣用〔…を＋注ぐ〕

* *

| ミルク を 加熱^{か ねつ}する |。

★ミルクを加熱する（加熱鮮奶）
★ミルク（鮮奶）★加熱する（加熱）

〔加熱する〕是〔他動詞〕，
慣用〔…を＋加熱する〕

* *

| ミルク を 出^だす |。

★ミルクを出す（拿出鮮奶）
★ミルク（鮮奶）★出す（拿出）

〔出す〕是〔他動詞〕，慣用〔…を＋出す〕

38 沖泡牛奶

CD2-11

① 挖奶粉 ➡

① … 挖奶粉 …

我挖兩匙奶粉到杯子裡。 ➡➡➡ **コップ** に
　　　　　　　　　　　　　　　　杯子

★〔放入杯子〕
　助詞用〔に〕

② … 加熱水 …

我倒熱水到杯子裡。 ➡➡ **コップ** に **熱い**
　　　　　　　　　　　　杯子　　　　熱的

★〔加…到杯子〕
　助詞用〔に〕

③ … 將奶粉攪拌均勻 …

我用湯匙將奶粉攪拌均勻。 **スプーン** で
　　　　　　　　　　　　　　　　　湯匙

★〔用湯匙〕
　助詞用〔で〕

134

* *

ミルク を 2匙入れる 。

★ミルクを2匙入れる（放入兩匙奶粉）
★ミルク（奶粉）
★2匙（兩匙）
★入れる（放入）

〔入れる〕是〔他動詞〕，慣用〔…を＋入れる〕

* *

お湯 を 注ぐ 。

★お湯を注ぐ（加熱水）
★お湯（熱水）
★注ぐ（倒入）

〔注ぐ〕是〔他動詞〕，慣用〔…を＋注ぐ〕

* *

均等 に ミルク を 混ぜる 。
均匀

　　　　　　　★ミルクを混ぜる（攪拌奶粉）
　　　　　　　★ミルク（奶粉）
★均等に　　　★混ぜる（攪拌）
　（均匀地）
　　　　　　　〔混ぜる〕是〔他動詞〕，
　　　　　　　慣用〔…を＋混ぜる〕

135

39 煎荷包蛋

CD2-12

① 打蛋 ➡

① … 打蛋 …

我打蛋到平底鍋。 ➡➡➡ **フライパン に**
平底鍋

★〔打蛋到平底鍋裡…〕
助詞用〔に〕

② … 把蛋翻面 …

我用鍋鏟把蛋翻面。 **フライパン返し で**
がえ
鍋鏟

★〔用鍋鏟〕
助詞用〔で〕

③ … 盛到盤子上 …

我把煎好的荷包蛋盛到盤子裡。 ➡ **皿 に**
さら
盤子

★〔盛到盤子裡〕
助詞用〔に〕

＊＊＊＊＊＊＊＊＊＊＊＊＊＊＊＊＊＊＊＊＊＊＊＊＊＊＊＊＊＊＊＊＊＊＊

| 卵 を 割り入れる |。

★卵を割り入れる（打蛋放入…）
★卵（雞蛋）
★割り入れる（打破放入）

〔割り入れる〕是〔他動詞〕，
慣用〔…を＋割り入れる〕

＊＊＊＊＊＊＊＊＊＊＊＊＊＊＊＊＊＊＊＊＊＊＊＊＊＊＊＊＊＊＊＊＊＊＊

| 卵 を ひっくり返す |。

★卵をひっくり返す（把蛋翻面）
★卵（雞蛋）
★ひっくり返す（翻面）

〔ひっくり返す〕是〔他動詞〕，
慣用〔…を＋ひっくり返す〕

＊＊＊＊＊＊＊＊＊＊＊＊＊＊＊＊＊＊＊＊＊＊＊＊＊＊＊＊＊＊＊＊＊＊＊

焼けた | 目玉焼き を 盛る |。

★目玉焼きを盛る（盛荷包蛋）
★目玉焼き（荷包蛋）
★盛る（盛装）

★焼ける（煎）→
　焼けた
　（煎好的・た形）

〔盛る〕是〔他動詞〕，
慣用〔…を＋盛る〕

① 剝殻 ➡

① … 剝 殻 …

我剝蝦殻。 ➡➡➡➡➡➡➡➡➡➡➡➡ 蝦 の
えび
蝦子

★〔蝦子的…〕
　助詞用〔の〕

② … 沾 調 味 料 …

我將蝦子沾調味料吃。 ➡➡➡➡➡➡ 蝦 に
えび
蝦子

★〔在蝦子上〕
　助詞用〔に〕

③ … 洗 手 去 腥 …

我洗手去除腥味。 ➡➡ 臭み を とる
くさ

★臭みをとる（去除腥味）
★臭み（腥味）
★とる（去除）

〔とる〕是〔他動詞〕，
慣用〔…を＋とる〕

138

* *

かわ　　　む
皮 を 剥く 。

★ 皮を剥く（剥殻）
★ 皮（外殻）
★ 剥く（剥）

〔剥く〕是〔他動詞〕，慣用〔…を＋剥く〕

* *

ちょう み りょう　　　　　　　　　　た
調味料 を つけて 食べる。

★ 食べる（吃）

★ 調味料をつける（沾調味料）
★ 調味料（調味料）
★ つける（沾上）→
　つけて（沾上・て形）

〔つける〕是〔他動詞〕，慣用〔…を＋つける〕

* *

　　　　　　　　て　あら
ため に 手 を 洗う 。
為了

　　　　　　　　　★ 手を洗う（洗手）
★〔為了…〕用　　　★ 手（手）
　〔…＋ため＋に〕　★ 洗う（洗）

　　　　　　　〔洗う〕是〔他動詞〕，
　　　　　　　慣用〔…を＋洗う〕

139

41 吃生魚片

① 挾生魚片 ➡

1 … 挾 生 魚 片 …

我用筷子挾生魚片。➡➡➡➡➡➡ 箸 で
はし
筷子

★〔用筷子〕
助詞用〔で〕

2 … 沾 芥 末 …

我將生魚片沾芥末吃。➡➡➡➡ 刺身 に
さし み
生魚片

★〔在生魚片上〕
助詞用〔に〕

3 … 吃 蘿 蔔 絲 …

我吃一些蘿蔔絲。➡➡➡➡➡➡➡➡ 少し
すこ
一些些

****

| 刺身（さしみ） を つまむ |。

★ 刺身をつまむ（挾生魚片）
★ 刺身（生魚片）
★ つまむ（挾）

〔つまむ〕是〔他動詞〕，慣用〔…を＋つまむ〕

****

| わさび を つけて | 食（た）べる。

★ 食べる（吃）

★ わさびをつける（沾芥末）
★ わさび（芥末）
★ つける（沾上）→ つけて（沾上・て形）

〔つける〕是〔他動詞〕，慣用〔…を＋つける〕

****

| 大根（だいこん） の ツマ を 食（た）べる |。

★ 大根のツマを食べる（吃蘿蔔絲）
★ 大根のツマ（蘿蔔絲）
★ 食べる（吃）

〔食べる〕是〔他動詞〕，慣用〔…を＋食べる〕

42 盛飯

★★★★★★★★★★★★★★★★★★★★★★★★★★★★★★★★

1 … 打 開 電 鍋 …

我打開電鍋。➡ | 電気釜 を 開ける | 。
　　　　　　　　でん き がま　　　あ

　　　　　★ 電気釜を開ける（打開電鍋）
　　　　　★ 電気釜（電鍋）
　　　　　★ 開ける（打開）

★★★★★★★★★★★★★★★★★★★★★★★★★★★★★★★★

2 … 挖 飯 …

我用飯杓挖飯。➡➡➡➡➡➡ しゃもじ で
　　　　　　　　　　　　　　飯杓

　　　　　★〔用飯杓〕
　　　　　助詞用〔で〕

★★★★★★★★★★★★★★★★★★★★★★★★★★★★★★★★

3 … 盛 入 碗 裡 …

我將飯盛入碗裡。➡➡➡➡➡➡ お碗 に
　　　　　　　　　　　　　　わん
　　　　　　　　　　　　　　碗

　　　　　★〔盛入碗裡〕
　　　　　助詞用〔に〕

****

〔開ける〕是〔他動詞〕，慣用〔…を＋開ける〕

****

ご飯 を すくう 。
　はん

★ご飯をすくう（挖飯）
★ご飯（飯）
★すくう（舀起）

〔すくう〕是〔他動詞〕，慣用〔…を＋すくう〕

****

ご飯 を よそう 。
　はん

★ご飯をよそう（盛飯）
★ご飯（飯）
★よそう（盛入）

〔よそう〕是〔他動詞〕，慣用〔…を＋よそう〕

143

CD2-16

① 嗑瓜子 ➡

★★★★★★★★★★★★★★★★★★★★★★★★★★★★★★★★★★

1 … 嗑 瓜 子 …

我嗑瓜子。➡➡➡➡➡➡➡➡➡➡➡ 歯 で
　　　　　　　　　　　　　　　　　は
　　　　　　　　　　　　　　　　牙齒

★〔用牙齒〕
　助詞用〔で〕

★★★★★★★★★★★★★★★★★★★★★★★★★★★★★★★★★★

2 … 剝 開 瓜 子 …

我剝開瓜子。➡➡➡➡ 種 を 割る 。
　　　　　　　　　　たね　　わ

★ 種を割る（剝開瓜子）
★ 種（瓜子）
★ 割る（剝開）

★★★★★★★★★★★★★★★★★★★★★★★★★★★★★★★★★★

3 … 吃 瓜 子 …

我吃瓜子。➡➡➡➡➡ 種 を 食べる 。
　　　　　　　　　　たね　　た

★ 種を食べる（吃瓜子）
★ 種（瓜子）
★ 食べる（吃）

★★

種を噛み割る。
(たね) (か) (わ)

★ 種を噛み割る（嗑瓜子）
★ 種（瓜子）
★ 噛み割る（咬開）

〔噛み割る〕是〔他動詞〕，
慣用〔…を＋噛み割る〕

★★

〔割る〕是〔他動詞〕，慣用〔…を＋割る〕

★★

〔食べる〕是〔他動詞〕，慣用〔…を＋食べる〕

44 吃優格

① 打開優格 ➡

1 …打開優格…

★★★★★★★★★★★★★★★★★★★★★★★★★★★★★★★★

我打開優格。➡➡➡➡➡➡➡➡➡➡➡➡➡➡

〔開ける〕是〔他動詞〕，
慣用〔…を＋開ける〕

2 …挖優格…

★★★★★★★★★★★★★★★★★★★★★★★★★★★★★★

我用湯匙挖優格。➡➡➡➡➡ スプーン で
　　　　　　　　　　　　　　　　湯匙
　　　　　　　　　　　　　　★〔用湯匙〕
　　　　　　　　　　　　　　　助詞用〔で〕

3 …吃優格…

★★★★★★★★★★★★★★★★★★★★★★★★★★★★★★★★

我吃優格。➡➡➡➡➡➡➡➡➡➡➡➡➡➡

〔食べる〕是〔他動詞〕，
慣用〔…を＋食べる〕

★★★★★★★★★★★★★★★★★★★★★★★★★★★★★★★★★★★★★★

ヨーグルト を 開ける 。

★ ヨーグルトを開ける（打開優格）
★ ヨーグルト（優格）
★ 開ける（打開）

★★★★★★★★★★★★★★★★★★★★★★★★★★★★★★★★★★★★★★

ヨーグルト を すくう 。

★ ヨーグルトをすくう（挖優格）
★ ヨーグルト（優格）
★ すくう（舀起）

〔すくう〕是〔他動詞〕，慣用〔…を＋すくう〕

★★★★★★★★★★★★★★★★★★★★★★★★★★★★★★★★★★★★★★

ヨーグルト を 食べる 。

★ ヨーグルトを食べる（吃優格）
★ ヨーグルト（優格）
★ 食べる（吃）

45 烤肉

① 肉放烤肉架上 ➡

1 ··· 放 到 烤 肉 架 上 ···

我把肉片**放到烤肉架上**。 ➡ 焼き網 の
やき あみ
　　　　　　　　　　　　　　　　　　　 烤肉架

★〔烤肉架的…〕
　助詞用〔の〕

2 ··· 塗 烤 肉 醬 ···

我在肉片上**塗烤肉醬**。 ➡➡➡➡➡➡ 肉 に
にく
　　　　　　　　　　　　　　　　　　　 肉片

★〔在肉片上〕
　助詞用〔に〕

3 ··· 將 肉 片 翻 面 ···

我**將肉片翻面**烤。 ➡ 肉 を 裏返して
にく　　うらがえ

★ 肉を裏返す（把肉片翻面）
★ 肉（肉片）
★ 裏返 す（翻面）→
　裏返 して（翻面・て形）

148

* *

<ruby>上<rt>うえ</rt></ruby> に <ruby>肉<rt>にく</rt></ruby>を <ruby>置<rt>お</rt></ruby>く 。
上面

★ 肉を置く（放肉片）
★ 肉（肉片）
★ 置く（放置）

★〔在…上面〕
　助詞用〔に〕

〔置く〕是〔他動詞〕，
慣用〔…を＋置く〕

* *

<ruby>焼肉<rt>やきにく</rt></ruby>ソースを <ruby>塗<rt>ぬ</rt></ruby>る 。

★ 焼肉ソースを塗る（塗烤肉醬）
★ 焼肉ソース（烤肉醬）
★ 塗る（塗）

〔塗る〕是〔他動詞〕，慣用〔…を＋塗る〕

* *

<ruby>焼<rt>や</rt></ruby>く。

★ 焼く（烤）

〔裏返す〕是〔他動詞〕，慣用〔…を＋裏返す〕

149

46 買自助餐

① 挑想吃的 ➡

1 … 挑 想 吃 的 …

我挑選想吃的菜餚。➡➡➡➡➡ 好き な
　　　　　　　　　　　　　　　す
　　　　　　　　　　　　　　喜歡

★〔好き〕是〔な形容詞〕，
　接名詞時，
　用〔好き＋な＋名詞〕
★ 好きなおかず（喜歡的菜餚）

2 … 挾 食 物 … 到 餐 盤 …

服務人員把菜餚挾到我的餐盤。

➡➡➡➡➡➡➡➡ ウエイター が 皿 に
　　　　　　　　　　　　服務生　　　　盤子
　　　　　　　　　　　　　　　　　　　さら
　　　　　　　　　　　　　　　　★〔挾到盤子裡〕
　　　　　　　　　　　　　　　　　助詞用〔に〕
　　　　　　　　　★ 助詞（無義）

3 … 結 帳 …

我結帳。➡➡➡➡➡➡➡➡➡➡➡➡➡➡➡

150

****

おかず を 選ぶ。

★おかずを選ぶ（挑選菜餚）
★おかず（菜餚）
★選ぶ（挑選）

〔選ぶ〕是〔他動詞〕，慣用〔…を＋選ぶ〕

****

おかず を 取り分ける。

★おかずを取り分ける（挾菜餚）
★おかず（菜）★取り分ける（分菜）

〔取り分ける〕是〔他動詞〕，
慣用〔…を＋取り分ける〕

****

会計する。

★会計する（結帳）

151

47 速食店用餐

1 排隊點餐 ➡

1 … 排隊點餐 …

我排隊點餐。➡➡➡➡➡➡➡➡➡ 並んで

★ 並ぶ（排隊）→
並んで（排隊・て形）

2 … 找座位 …

我端著餐盤找座位。

トレー を 持って

★トレーを持つ（端著餐盤）
★トレー（餐盤）
★持つ（拿著）→持って（拿著・て形）

〔持つ〕是〔他動詞〕，
慣用〔…を+持つ〕

3 … 將垃圾丟入 …

用餐後，我將垃圾丟入垃圾桶。

➡➡➡食べ終わって から ゴミ入れ
　　　　　　　　　　　　垃圾桶

★食べ終わる（吃完）→
食べ終わって（吃完・て形）

★〔… 之後〕用
〔…て形+から〕

152

****

ちゅうもん
注文する。

★注文する（點餐）

****

せき　　さが
席 を 探す 。

★席を探す（找座位）
★席（座位）
★探す（尋找）

〔探す〕是〔他動詞〕，慣用〔…を＋探す〕

****

★〔丟入垃圾桶裡…〕助詞用〔に〕

　　　　　　　　　す
に ゴミ を 捨てる 。

★ゴミを捨てる（丟垃圾）
★ゴミ（垃圾）★捨てる（丟掉）

〔捨てる〕是〔他動詞〕，慣用〔…を＋捨てる〕

48 煮一碗麵

① 燒水 ➡

① … 燒 水 …

我燒一鍋水。➡ お湯 を 沸かす 。

★お湯を沸かす（燒開水）
★お湯（熱水）
★沸かす（煮沸）

② … 把 麵 和 配 料 放 入 …

我把麵和調味料放入鍋內。➡ 鍋 に 麵

鍋子　　麵

★〔放入鍋子裡〕
助詞用〔に〕

③ … 煮好的麵盛入 …

我把煮好的麵盛入碗裡。➡➡➡ 碗 に

碗

★〔盛入碗裡〕
助詞用〔に〕

* *

〔沸かす〕是〔他動詞〕,慣用〔…を＋沸かす〕

* *

と　調味料（ちょうみりょう）を 入（い）れる 。

★〔麺和…〕　　★ 調味料を入れる（放入調味料）
　助詞用〔と〕　★ 調味料（調味料）
　　　　　　　　★ 入れる（放入）

　　　　　　　　〔入れる〕是〔他動詞〕,
　　　　　　　　慣用〔…を＋入れる〕

* *

できた 麺（めん）を 盛（も）る 。

　　　　　　　★ 麺を盛る（盛麵）
　　　　　　　★ 麺（麺）★ 盛る（盛裝）

★ できる（做好）→　〔盛る〕是〔他動詞〕,
　できた　　　　　　慣用〔…を＋盛る〕
　（做好的・た形）

155

1 … 打 開 泡 麵 …

我打開一碗泡麵。

⇒⇒⇒⇒⇒⇒ <u>インスタントラーメン</u> の
　　　　　　　　泡麵

★〔泡麵的…〕
　助詞用〔の〕

2 … 放 泡 麵 和 調 味 包 …

我將泡麵和調味包放入碗裡。

⇒⇒⇒⇒⇒⇒⇒⇒⇒ <u>碗</u> の <u>中</u> に <u>麵</u> と
　　　　　　　　　わん　　なか　　めん
　　　　　　　　　碗裡　　　　　　麵

★〔放入碗裡〕　　　　★〔麵和…〕
　助詞用〔に〕　　　　　助詞用〔と〕

3 … 加 熱 水 …

我加熱水到碗裡。⇒⇒⇒⇒⇒⇒⇒ <u>碗</u> に
　　　　　　　　　　　　　　　　　わん
　　　　　　　　　　　　　　　　　碗

★〔加到碗裡〕
　助詞用〔に〕

★★

ふた を あ
蓋 を 開ける 。

★ 蓋を開ける（打開蓋子）
★ 蓋（蓋子）
★ 開ける（打開）

〔開ける〕是〔他動詞〕，慣用〔…を＋開ける〕

★★

ちょう み りょう い
調味料 を 入れる 。

★ 調味料を入れる（倒入調味包）
★ 調味料（調味包）
★ 入れる（倒入）

〔入れる〕是〔他動詞〕，慣用〔…を＋入れる〕

★★

ねっとう そそ
熱湯 を 注ぐ 。

★ 熱湯を注ぐ（倒熱水）
★ 熱湯（熱水）
★ 注ぐ（倒入）

〔注ぐ〕是〔他動詞〕，慣用〔…を＋注ぐ〕

157

① 灑胡椒粉 ➡

1 ··· 灑 胡 椒 粉 ···

我灑胡椒粉在炸雞上。

➡➡➡➡➡➡➡➡➡ フライドチキン に
　　　　　　　　　　　　炸雞

★〔灑…在炸雞上〕
　助詞用〔に〕

2 ··· 吃 炸 雞 ···

我吃炸雞。➡➡➡➡➡➡➡➡➡➡➡➡➡➡➡

〔食べる〕是〔他動詞〕，
慣用〔…を＋食べる〕

3 ··· 吃 完 ··· 舔 手 指 ···

吃完炸雞，我舔舔手指。食べ終わって
　　　　　　　　　　　　　た　　お

★食べ終わる（吃完）→
　食べ終わって（吃完・て形）

158

* *

こしょう を かける 。

★こしょうをかける（灑胡椒粉）
★こしょう（胡椒粉）
★かける（灑上）

〔かける〕是〔他動詞〕，慣用〔…を＋かける〕

* *

フライドチキン を 食^たべる 。

★フライドチキンを食べる（吃炸雞）
★フライトチキン（炸雞）
★食べる（吃）

* *

から 指^{ゆび} を 舐^なめる 。

★〔…之後〕用
　〔…て形＋から〕

★指を舐める（舔手指）
★指（手指）
★舐める（舔）

〔舐める〕是〔他動詞〕，
慣用〔…を＋舐める〕

51 剝茶葉蛋

CD2-24

① 拿茶葉蛋 ➡

1 … 拿起茶葉蛋 …

我**拿起**茶葉蛋。➡➡➡➡➡➡➡➡➡➡➡➡

〔取る〕是〔他動詞〕，
慣用〔…を＋取る〕

2 … 敲開茶葉蛋 …

我**敲**一**敲**茶葉蛋。➡➡➡➡➡➡➡➡➡➡➡

〔叩く〕是〔他動詞〕，
慣用〔…を＋叩く〕

3 … 剝蛋殼 …

我**剝掉**茶葉蛋的**蛋殼**。➡➡ 茶葉<ruby>卵<rt>ちゃ ば たまご</rt></ruby> の

茶葉蛋

★〔茶葉蛋的…〕
助詞用〔の〕

160

* *

茶葉卵 を 取る 。

★ 茶葉卵を取る（拿起茶葉蛋）
★ 茶葉卵（茶葉蛋）
★ 取る（拿起）

* *

茶葉卵 を 叩く 。

★ 茶葉卵を叩く（敲茶葉蛋）
★ 茶葉卵（茶葉蛋）
★ 叩く（敲打）

* *

殻 を 剝がす 。

★ 殻を剝がす（剝殼）
★ 殻（外殼）
★ 剝がす（剝掉）

〔剝がす〕是〔他動詞〕，慣用〔…を＋剝がす〕

① 擦罐頭 ➡

1
****

… 罐頭擦乾淨 …

我把罐頭擦乾淨。➡➡➡➡ きれい に
　　　　　　　　　　　　　　　乾淨

★ きれいに
（乾淨地）

2
****

… 開罐頭 …

我用開罐器打開罐頭。➡➡➡ 缶切り で
　　　　　　　　　　　　　　かん き
　　　　　　　　　　　　　　開罐器

★〔用開罐器〕
助詞用〔で〕

3
****

… 倒出食物 …

我倒出罐頭裡的食物。➡➡➡➡➡ 缶 の
　　　　　　　　　　　　　　　　かん
　　　　　　　　　　　　　　　　罐頭

★〔罐頭的…〕
助詞用〔の〕

❷ 開罐頭 ➡ ❸ 倒出食物

* *

かんづめ　　　ふ
缶詰 を 拭く 。

★ 缶詰を拭く（擦拭罐頭）
★ 缶詰（罐頭）
★ 拔く（擦拭）

〔拭く〕是〔他動詞〕，慣用〔…を＋拭く〕

* *

かんづめ　　　あ
缶詰 を 開ける 。

★ 缶詰を開ける（打開罐頭）
★ 缶詰（罐頭）
★ 開ける（打開）

〔開ける〕是〔他動詞〕，慣用〔…を＋開ける〕

* *

なか み　　　だ
中身 を 出す 。

★ 中身を出す（倒出內容物）
★ 中身（內容物）
★ 出す（倒出）

〔出す〕是〔他動詞〕，慣用〔…を＋出す〕

1 投銅板 ➡

1 ··· 投 銅 板 ···

我投幣進自動販賣機。 自動販売機 に
じ どうはんばい き
自動販賣機

★〔投進自動販賣機裡〕
助詞用〔に〕

2 ··· 選 飲 料 ···

我選擇想喝的飲料。 ➡➡➡➡➡➡ 欲しい
ほ
想要的

3 ··· 拿 出 飲 料 ···

我拿出掉下來的飲料。 ➡➡ 落ちてきた
お

★ 落ちて くる（掉下來）→
落ちて きた（掉下來的・た形）

164

買飲料

❷ 選飲料 ➡ ❸ 拿出飲料

✱✱✱✱✱✱✱✱✱✱✱✱✱✱✱✱✱✱✱✱✱✱✱✱✱✱✱✱✱✱✱✱✱✱✱✱✱✱

| お金 を 入れる |。
かね　　　い

★ お金を入れる（投入錢幣）
★ お金（錢幣）
★ 入れる（放入）

〔入れる〕是〔他動詞〕，慣用〔…を＋入れる〕

✱✱✱✱✱✱✱✱✱✱✱✱✱✱✱✱✱✱✱✱✱✱✱✱✱✱✱✱✱✱✱✱✱✱✱✱✱✱

| 飲物 を 選ぶ |。
のみもの　　えら

★ 飲物を選ぶ（選擇飲料）
★ 飲物（飲料）
★ 選ぶ（選擇）

〔選ぶ〕是〔他動詞〕，慣用〔…を＋選ぶ〕

✱✱✱✱✱✱✱✱✱✱✱✱✱✱✱✱✱✱✱✱✱✱✱✱✱✱✱✱✱✱✱✱✱✱✱✱✱✱

| 飲物 を 取り出す |。
のみもの　　と　だ

★ 飲物を取り出す（拿出飲料）
★ 飲物（飲料）
★ 取り出す（拿出）

〔取り出す〕是〔他動詞〕，
慣用〔…を＋取り出す〕

① 拉開拉環 ➡

1 ··· 拉 開 拉 環 ···

我拉開易開罐拉環。 ➡➡➡➡➡➡➡➡➡

〔引っ張る〕是〔他動詞〕，
慣用〔…を＋引っ張る〕

2 ··· 把 吸 管 插 入 ···

我把吸管插入易開罐。 ➡➡➡➡➡ 缶 に
かん
易開罐

★〔插入易開罐〕
助詞用〔に〕

3 ··· 喝 易 開 罐 ···

我用吸管喝易開罐飲料。 ➡ ストロー で
吸管

★〔用吸管〕
助詞用〔で〕

② 插入吸管 ➡ **③** 喝易開罐

* *

| プルトップ を 引っ張る |。
　　　　　　　　ひ　ぱ

★ プルトップを引っ張る（拉開易開罐拉環）
★ プルトップ（易開罐拉環）
★ 引っ張る（拉開）

* *

| ストロー を 挿す |。
　　　　　　　　さ

★ ストローを挿す（插入吸管）
★ ストロー（吸管）
★ 挿す（插入）

〔挿す〕是〔他動詞〕，慣用〔…を＋挿す〕

* *

| 缶飲料 を 飲む |。
　かんいんりょう　　の

★ 缶飲料を飲む（喝易開罐飲料）
★ 缶飲料（易開罐飲料）
★ 飲む（喝）

〔飲む〕是〔他動詞〕，慣用〔…を＋飲む〕

55 喝鋁箔包飲料

CD3-1

① … 拆 下 吸 管 …

我拆下鋁箔包的吸管。➡➡ **アルミパック**
　　　　　　　　　　　　　　鋁箔包

② … 把 吸 管 插 入 …

我把吸管插入鋁箔包。➡ **アルミパック**
　　　　　　　　　　　　鋁箔包

③ … 喝 鋁 箔 包 …

我用吸管喝鋁箔包飲料。**ストロー で**
　　　　　　　　　　　　吸管

　　　　　　　　　★〔用吸管〕
　　　　　　　　　　助詞用〔で〕

****

の | ストロー を 外す | 。

★〔鋁箔包的…〕　★ストローを外す（拆下吸管）
　助詞用〔の〕　　★ストロー（吸管）
　　　　　　　　　★外す（拆下）

　　　　　　　〔外す〕是〔他動詞〕，
　　　　　　　慣用〔…を＋外す〕

****

に | ストロー を 挿す | 。

★〔插…到鋁箔包裡〕　★ストローを挿す（插入吸管）
　助詞用〔に〕　　　★ストロー（吸管）
　　　　　　　　　　★挿す（插入）

　　　　　　　〔挿す〕是〔他動詞〕，
　　　　　　　慣用〔…を＋挿す〕

****

| アルミパック飲料 を 飲む | 。

★アルミパック飲料を飲む（喝鋁箔包飲料）
★アルミパック飲料（鋁箔包飲料）
★飲む（喝）

〔飲む〕是〔他動詞〕，慣用〔…を＋飲む〕

169

56 切生日蛋糕

① 切蛋糕 ➡

① … 切 蛋 糕 …

我切生日蛋糕。➡➡➡➡➡➡➡➡➡➡➡➡

〔切る〕是〔他動詞〕，
慣用〔…を＋切る〕

② … 切 成 八 塊 …

我將生日蛋糕切成8塊。➡➡ 八等分 <ruby>八等分<rt>はちとうぶん</rt></ruby> に
八塊

★〔切成…塊〕
助詞用〔に〕

③ … 盛 到 小 盤 子 …

我把每一塊蛋糕盛到小盤子。➡ <ruby>小皿<rt>こざら</rt></ruby> に
小盤子

★〔盛到小盤子裡〕
助詞用〔に〕

❷ 切成八塊 ➡ ❸ 盛到小盤子

★★★★★★★★★★★★★★★★★★★★★★★★★★★★★★★★★★★★★★

誕生^{たんじょう}ケーキ を 切^きる 。

★誕生ケーキを切る（切生日蛋糕）
★誕生ケーキ（生日蛋糕）
★切る（切）

★★★★★★★★★★★★★★★★★★★★★★★★★★★★★★★★★★★★★★

誕生^{たんじょう}ケーキ を 切^きる 。

★誕生ケーキを切る（切生日蛋糕）
★誕生ケーキ（生日蛋糕）
★切る（切）

〔切る〕是〔他動詞〕，慣用〔…を＋切る〕

★★★★★★★★★★★★★★★★★★★★★★★★★★★★★★★★★★★★★★

ケーキ を 分^わける 。

★ケーキを分ける（分盛蛋糕）
★ケーキ（蛋糕）
★分ける（分配）

〔分ける〕是〔他動詞〕，慣用〔…を＋分ける〕

171

57 邀對方乾杯

① 拿起酒 ➡

1 … 拿起酒 …

我**拿起酒**。 ➡➡➡➡➡➡➡➡➡➡➡ 手 に
手

★〔拿在手上〕
助詞用〔に〕

2 … 邀 對 方 乾 杯 …

我**邀對方乾杯**。 ➡➡➡➡➡➡➡ 相手 に
對方

★〔向對方〕
助詞用〔に〕

3 … 先 乾 杯 …

我**先乾**為敬。 ➡➡➡ 敬意 を 表し 先
先

★ 敬意を表す（表示敬意）
★ 敬意（敬意）
★ 表す（表示）→ 表し（表示・連用形）

〔表す〕是〔他動詞〕，慣用〔…を＋表す〕

＊＊＊＊＊＊＊＊＊＊＊＊＊＊＊＊＊＊＊＊＊＊＊＊＊＊＊＊＊＊＊＊＊＊＊＊

| 酒<ruby>さけ</ruby>を取<ruby>と</ruby>る |。

★ 酒を取る（拿酒）
★ 酒（酒）
★ 取る（拿）

〔取る〕是〔他動詞〕，慣用〔…を＋取る〕

＊＊＊＊＊＊＊＊＊＊＊＊＊＊＊＊＊＊＊＊＊＊＊＊＊＊＊＊＊＊＊＊＊＊＊＊

| 乾杯<ruby>かんぱい</ruby>を すすめる |。

★ 乾杯をすすめる（邀…乾杯）
★ 乾杯（乾杯）
★ すすめる（勸說）

〔すすめる〕是〔他動詞〕，
慣用〔…を＋すすめる〕

＊＊＊＊＊＊＊＊＊＊＊＊＊＊＊＊＊＊＊＊＊＊＊＊＊＊＊＊＊＊＊＊＊＊＊＊

に｜コップを空<ruby>から</ruby>にする｜。

★ 先に
（先…）

★ コップを空にする（乾杯）
★ コップ（杯子）
★ 空にする（使…變空）

〔使…變空〕，慣用
〔…を＋空にする〕

① 磨咖啡豆 ➡

1
****
… 磨 咖 啡 豆 …

我磨咖啡豆。➡➡➡➡➡➡➡➡➡➡➡➡➡

〔ひく〕是〔他動詞〕，慣用〔…を＋ひく〕

2
****
… 煮 咖 啡 …

我煮咖啡。➡ | コーヒー を 入れる | 。
　　　　　　　　　　　い

★コーヒーを入れる（煮咖啡）
★コーヒー（咖啡）
★入れる（沖泡）

3
****
… 倒 進 咖 啡 杯 …

我將煮好的咖啡倒進咖啡杯。

➡➡➡➡➡ コーヒーカップ に できた
　　　　　　　咖啡杯

★〔倒進咖啡杯裡…〕
　助詞用〔に〕　　★できる（做好）→
　　　　　　　　　できた（做好的・た形）

174

****

| コーヒー豆（まめ）を ひく |。

★コーヒー豆をひく（磨咖啡豆）
★コーヒー豆（咖啡豆）
★ひく（磨碎）

****

〔入れる〕是〔他動詞〕，慣用〔…を＋入れる〕

****

| コーヒー を 注（そそ）ぐ |。

★コーヒーを注ぐ（倒咖啡）
★コーヒー（咖啡）
★注ぐ（倒入）

〔注ぐ〕是〔他動詞〕，
慣用〔…を＋注ぐ〕

① 加奶精和糖 ➡

1 … 加 奶 精 和 糖 …

我加奶精和糖。➡➡➡➡➡➡ ミルク と

奶精

★〔奶精和…〕
助詞用〔と〕

2 … 攪 拌 …

我用湯匙攪拌。➡➡➡➡➡ スプーン で

湯匙

★〔用湯匙〕
助詞用〔で〕

3 … 品 嚐 咖 啡 …

我品嚐咖啡。➡➡➡➡➡➡➡➡➡➡➡➡

〔味わう〕是〔他動詞〕，
慣用〔…を＋味わう〕

砂糖<ruby>砂糖<rt>さとう</rt></ruby> を 入<ruby>入<rt>い</rt></ruby>れる 。

★ 砂糖を入れる（加糖）
★ 砂糖（糖）
★ 入れる（加入）

〔入れる〕是〔他動詞〕，慣用〔…を＋入れる〕

かき混<ruby>混<rt>ま</rt></ruby>ぜる。

★ かき混ぜる（攪拌）

コーヒー を 味<ruby>味<rt>あじ</rt></ruby>わう 。

★ コーヒーを味わう（品嚐咖啡）
★ コーヒー（咖啡）
★ 味わう（品嚐）

177

CD3-6

① 嚼口香糖 ➡

★★★★★★★★★★★★★★★★★★★★★★★★★★★★★★★★★★★

1 … 嚼 口 香 糖 …

我嚼口香糖。➡➡➡ | ガム を 噛む | 。
                               か

★ ガムを噛む（嚼口香糖）
★ ガム（口香糖）
★ 噛む（嚼）

★★★★★★★★★★★★★★★★★★★★★★★★★★★★★★★★★★

2 … 用 口 香 糖 吹 泡 泡 …

我用口香糖吹泡泡。➡➡➡➡➡➡➡➡➡➡

〔膨らませる〕是〔他動詞〕，
慣用〔…を＋膨らませる〕

★★★★★★★★★★★★★★★★★★★★★★★★★★★★★★★★★★

3 … 破 了 …

口香糖泡泡破掉。➡➡➡➡➡➡➡➡➡➡➡➡

〔割れる〕是〔自動詞〕，
慣用〔…が＋割れる〕

泡

吹泡泡 ➡ ③ 泡泡破了

★★★★★★★★★★★★★★★★★★★★★★★★★★★★★★★★★★★

〔噛む〕是〔他動詞〕，慣用〔…を＋噛む〕

★★★★★★★★★★★★★★★★★★★★★★★★★★★★★★★★★★★

ガム を 膨^{ふく}らませる 。

★ ガムを膨らませる（用口香糖吹泡泡）
★ ガム（口香糖）
★ 膨ら む （膨脹）→
　 膨ら ませる （使…膨脹・使役形）

★★★★★★★★★★★★★★★★★★★★★★★★★★★★★★★★★★★

膨^{ふく}らませた ガム が 割^われる 。

★ 膨らませたガムが割れる（口香糖泡泡破掉）
★ 膨ら む （膨脹）→
　 膨ら ませた (使…膨脹・使役た形)
★ ガム（口香糖）
★ 割れる（破裂）

① 洗蘋果 ➡

1
… 蘋 果 洗 乾 淨 …

我把蘋果洗乾淨。➡➡➡➡ きれい に
　　　　　　　　　　　　　　乾淨

★ きれいに
　（乾淨地）

2
… 削 皮 …

我削蘋果皮。➡➡➡➡➡➡➡ りんご の
　　　　　　　　　　　　　　　蘋果

★〔蘋果的…〕
　助詞用〔の〕

3
… 切 蘋 果 …

我切蘋果。➡➡➡ りんご を 切る 。
　　　　　　　　　　　　　　　き

★ りんごを切る（切蘋果）
★ りんご（蘋果）
★ 切る（切）

****

> りんご を 洗^{あら}う 。

★ りんごを洗う（洗蘋果）
★ りんご（蘋果）
★ 洗う（洗）

〔洗う〕是〔他動詞〕，慣用〔…を＋洗う〕

****

> 皮^{かわ} を 剥^むく 。

★ 皮を剥く（削皮）
★ 皮（皮）
★ 剥く（削）

〔剥く〕是〔他動詞〕，慣用〔…を＋剥く〕

****

〔切る〕是〔他動詞〕，慣用〔…を＋切る〕

① 檸檬切半 ➡

1 … 對半切開 …

我將檸檬對半切開。 ➡➡➡➡ 半分 に
はんぶん
一半

★〔切成…等分〕
助詞用〔に〕

2 … 切檸檬片 …

我將檸檬切片。 ➡ レモン を 切る 。
き

★レモンを切る（檸檬切片）
★レモン（檸檬）
★切る（切開）

3 … 擠檸檬汁 …

我擠檸檬汁。 ➡➡➡➡➡➡➡➡➡➡➡➡➡

〔搾る〕是〔他動詞〕，
慣用〔…を＋搾る〕

* *

| レモン を 切^きる | 。

★レモンを切る（切檸檬）
★レモン（檸檬）
★切る（切開）

〔切る〕是〔他動詞〕，慣用〔…を＋切る〕

* *

〔切る〕是〔他動詞〕，慣用〔…を＋切る〕

* *

| レモン汁^{じる} を 搾^{しぼ}る | 。

★レモン汁を搾る（擠檸檬汁）
★レモン汁（檸檬汁）
★搾る（榨汁）

183

CD3-9

① 挾芥末 ➡

1 ··· 挾 芥 末 ···

我將芥末挾到小碟子裡。➡➡➡ 小皿 に
こ ざら
小碟子

★〔挾到小碟子裡〕
助詞用〔に〕

2 ··· 淋 上 醬 油 ···

我把醬油淋在芥末上。➡➡➡ わさび に
芥末

★〔在芥末上〕
助詞用〔に〕

3 ··· 攪 拌 均 勻 ···

我把芥末和醬油攪拌均勻。

➡➡➡➡ 均一 に なるように わさび
きんいつ
均勻   芥末

★ なる
（變成）

★〔變成…〕
用〔…に＋なる〕

★〔為了變成…〕
用〔…になる＋よう〕

* *

| わさび を 取る |。

★ わさびを取る（挾芥末）
★ わさび（芥末）
★ 取る（挾取）

〔取る〕是〔他動詞〕，慣用〔…を＋取る〕

* *

| 醬油 を かける |。
しょう ゆ

★ 醬油をかける（淋醬油）
★ 醬油（醬油）
★ かける（淋上）

〔かける〕是〔他動詞〕，慣用〔…を＋かける〕

* *

★〔芥末和…〕助詞用〔と〕

と | 醬油 を 混ぜる |。
しょう ゆ　　　　ま

★ 醬油を混ぜる（攪拌醬油）
★ 混ぜる（攪拌）

〔混ぜる〕是〔他動詞〕，慣用〔…を＋混ぜる〕

① 剝開巧克力 ➡

1

... 剝 開 ...

我剝開金莎巧克力。

➡➡➡➡➡➡➡ ロシェチョコレート の
金莎巧克力

★〔金莎巧克力的…〕
助詞用〔の〕

2

... 吃 ... 很 滿 足 ...

我滿足地吃著金莎巧克力。 満足気 に
まんぞくげ
滿足的樣子

★〔滿足地做…〕
助詞用〔に〕

3

... 吃 個 不 停 ...

我一顆接一顆吃個不停。

➡➡➡➡➡➡➡➡➡ 一個また一個 と
いっこ　　いっこ
一個接一個

★〔一個接一個地…〕
助詞用〔と〕

★★★★★★★★★★★★★★★★★★★★★★★★★★★★★★★★★★★★

包み を 開ける 。

★ 包みを開ける（剝開包裝）
★ 包み（包裝）
★ 開ける（打開）

〔開ける〕是〔他動詞〕，慣用〔…を＋開ける〕

★★★★★★★★★★★★★★★★★★★★★★★★★★★★★★★★★★★★

ロシェチョコレート を 食べる 。

★ ロシェチョコレートを食べる（吃金莎巧克力）
★ ロシェチョコレート（金莎巧克力）
★ 食べる（吃）

〔食べる〕是〔他動詞〕，慣用〔…を＋食べる〕

★★★★★★★★★★★★★★★★★★★★★★★★★★★★★★★★★★★★

★ 食べる（吃）

止まらず に 食べる。

★ 止まる（停止）→
　 止まらず
　 （不停止・否定形）

★〔不停地做…〕
　 用〔止まらず＋に＋…〕

65 洗米煮飯

① 洗米 ➡

① … 洗米 …

我洗米。➡➡➡➡ 米 を とぐ 。

こめ

★ 米をとぐ（洗米）
★ 米（米）
★ とぐ（淘洗）

② … 加三杯水到 …

我加三杯水到鍋裡。➡➡➡➡➡➡ 鍋 に

なべ
鍋子

★〔加到鍋子裡〕
助詞用〔に〕

③ … 用電鍋煮 …

我用電鍋煮飯。➡➡➡➡➡ 電気釜 で

でんきがま
電鍋

★〔用電鍋〕
助詞用〔で〕

② 加水 ➡ **③** 用電鍋煮

****

〔とぐ〕是〔他動詞〕，慣用〔…を＋とぐ〕

****

水を 3カップ入れる 。
みず　　さん　　　　い

★ 水を3カップ入れる（加三杯水）
★ 水（水）
★ 3カップ（三杯）
★ 入れる（加入）

〔入れる〕是〔他動詞〕，慣用〔…を＋入れる〕

****

ご飯を 炊く 。
はん　　　た

★ ご飯を炊く（煮飯）
★ ご飯（飯）
★ 炊く（煮）

〔炊く〕是〔他動詞〕，慣用〔…を＋炊く〕

189

CD3-12

① 喝太多 ➡

① … 喝 太 多 酒 …

我不小心喝了太多酒。➡➡➡➡ **うっかり**

不小心

② … 天 旋 地 轉 …

我覺得天旋地轉。➡➡ め が まわ
目 が 回った

★ 目が回る（暈眩）
★ 目（眼睛）
★ 回る（旋轉）→ 回った（旋轉了・た形）
〔回る〕是〔自動詞〕，慣用〔…が＋回る〕

③ … 我 喝 醉 了 …

我好像喝醉了。➡➡➡➡➡➡➡ **どうやら**

好像

★★

^の飲みすぎてしまった。

★ 飲みすぎてしま **う**（喝太多酒）→
　飲みすぎてしま **った**（喝了太多酒・た形）

★★

みたいだ。

　★〔宛如…〕
　　用〔…＋みたいだ〕

★★

^よ酔ってしまった**ようだ。**

　　　　★〔… 的樣子〕用〔…＋ようだ〕

★ 酔ってしま **う**（喝醉）→
　酔ってしま **った**（喝醉了・た形）

① 麵包店繞一圈 ➡

1 … 在 … 店 裡 繞 一 圈 …

我在麵包店裡繞了一圈。➡➡ ぐるりと
　　　　　　　　　　　　　　　　　　圍繞

★〔繞一圈…〕
　用〔ぐるり＋と…〕

2 … 挾 麵 包 到 …

我把麵包挾到托盤上。➡➡➡➡ 挾んで
　　　　　　　　　　　　　　　　　　はさ

★挾 む（挾）→
　挾 んで（挾・て形）

3 … 拿 托 盤 … 結 帳 …

我拿著托盤到櫃臺結帳。

➡➡➡➡➡➡➡➡➡ | トレー を 持って |
　　　　　　　　　　　　　　　　　　　も

★トレーを持つ（拿著托盤）★トレー（托盤）
★持 つ（拿著）→ 持 って（拿著・て形）

〔持つ〕是〔他動詞〕，慣用〔…を＋持つ〕

* *

パン屋(や) を 一周(いっしゅう)した 。

〔一周する〕是〔他動詞〕，
慣用〔…を＋一周する〕

★ パン屋を一周する（麵包店裡繞一圈）
★ パン屋（麵包店）
★ 一周 する（繞一圈）→
一周 した（繞了一圈・た形）

* *

トレー に パン を のせる 。
托盤

★〔挾到托盤上〕
助詞用〔に〕

★ パンをのせる（放麵包）
★ パン（麵包）
★ のせる（盛放）

〔のせる〕是〔他動詞〕，
慣用〔…を＋のせる〕

* *

カウンター で 会計(かいけい)する。
櫃臺

★〔在櫃臺〕
助詞用〔で〕

★ 会計する（結帳）

193

68 排隊買甜甜圈

CD3-14

 ① 愛吃甜甜圈 ➡

★★★★★★★★★★★★★★★★★★★★★★★★★★

1 … 愛吃 …

我超愛吃甜甜圈。➡➡➡➡➡ **ドーナツ** が

甜甜圈

★ 助詞（無義）

★★★★★★★★★★★★★★★★★★★★★★★★★★

2 … 排 隊 買 …

買甜甜圈經常要排隊。

➡➡➡➡➡➡➡➡➡ **ドーナツ を 買う**
か

★ドーナツを買う（買甜甜圈）
★ドーナツ（甜甜圈）　★買う（買）

〔買う〕是〔他動詞〕，慣用〔…を＋買う〕

★★★★★★★★★★★★★★★★★★★★★★★★★★

3 … 排 一 個 小 時 …

我曾經排隊等了一個小時。➡ **一時間**
いち じ かん
一個小時

****

<ruby>大好<rt>だい す</rt></ruby>き だ。
非常喜愛（斷定助動詞）

****

の に いつも <ruby>行列<rt>ぎょうれつ</rt></ruby>する。

　　　　経常

　　├─ ★〔對於…事情〕
　　　　　助詞用〔に〕

　　　　　　　　★ 行列する（排隊）

├─ ★ 助詞（指〔ドーナツを買う〕）

****

<ruby>並<rt>なら</rt></ruby>んだこと が ある。

　　　　　　★ ある（有）

　　├─ ★ こと（…經驗）
　　├─ ★〔曾有過…的經驗〕
　　　　　用〔た形＋こと＋が＋ある〕

★ <ruby>並<rt>なら</rt></ruby>ぶ（排隊）→ <ruby>並<rt>なら</rt></ruby>んだ（排了隊・た形）

195

69 打電話訂披薩

CD3-15

① 訂披薩 ➡

❶ … 打 電 話 訂 …

我打電話訂披薩。 ➡➡➡➡➡➡ 電話 で
でんわ
電話

★〔用電話〕
助詞用〔で〕

❷ … 還 點 了 飲 料 、 炸 雞 …

我還點了飲料和炸雞。 さら に 飲物 と
のみもの
還、又　　飲料

★〔飲料和…〕
助詞用〔と〕

❸ … 三 十 分 鐘 後 … 會 送 來 …

30分鐘後披薩送來了。 ３０分後 に
さんじゅっぷん ご
30分鐘後

★〔在30分鐘後〕
助詞用〔に〕

196

＊＊＊＊＊＊＊＊＊＊＊＊＊＊＊＊＊＊＊＊＊＊＊＊＊＊＊＊＊＊＊

ピザ を 注文する 。
　　　　　ちゅうもん

★ピザを注文する（訂披薩）
★ピザ（披薩）
★注文する（點餐）

〔注文する〕是〔他動詞〕，
慣用〔…を＋注文する〕

＊＊＊＊＊＊＊＊＊＊＊＊＊＊＊＊＊＊＊＊＊＊＊＊＊＊＊＊＊＊＊

フライドチキン を 注文した 。
　　　　　　　　　　ちゅうもん

★フライドチキンを注文する（點炸雞）
★フライドチキン（炸雞）
★注文 する（點餐）→ 注文 した（點了・た形）

〔注文する〕是〔他動詞〕，
慣用〔…を＋注文する〕

＊＊＊＊＊＊＊＊＊＊＊＊＊＊＊＊＊＊＊＊＊＊＊＊＊＊＊＊＊＊＊

ピザ が 配達されてきた。
　　　　はいたつ
披薩

★助詞
（無義）

★くる（來）→
　きた（來了・た形）

★配達 する（運送）→
　配達 されて（被運送・被動て形）

70 看書

1 … 打開書 …

我打開書。➡➡➡➡➡ 本を開く 。

★ 本を開く（打開書）
★ 本（書）
★ 開く（打開）

2 … 翻頁 …

我翻頁。➡➡➡ ページを めくる 。

★ ページをめくる（翻頁）
★ ページ（頁）
★ めくる（翻開）

3 … 闔上書 …

我闔上書。➡➡➡➡ 本を閉じる 。

★ 本を閉じる（闔上書）
★ 本（書）
★ 閉じる（闔上）

****

〔開く〕是〔他動詞〕，慣用〔…を＋開く〕

****

〔めくる〕是〔他動詞〕，慣用〔…を＋めくる〕

****

〔閉じる〕是〔他動詞〕，慣用〔…を＋閉じる〕

71 唱KTV

① 點歌 ➡

1 ··· 點 歌 ···

我點歌。 ➡➡➡➡ | 歌 を 予約する | 。
うた　　　　よやく

★ 歌を予約する（點歌）
★ 歌（歌）
★ 予約する（預約）

2 ··· 拿 麥 克 風 ···

我拿著麥克風。 ➡ | マイク を 持つ | 。
も

★ マイクを持つ（拿著麥克風）
★ マイク（麥克風）
★ 持つ（拿著）

3 ··· 隨 著 ··· 唱 歌 ···

我隨著KTV配樂唱歌。 ➡➡ **カラオケ に**

KTV配樂

★〔隨著配樂〕
　助詞用〔に〕

200

****

〔予約する〕是〔他動詞〕，
慣用〔…を＋予約する〕

****

〔持つ〕是〔他動詞〕，慣用〔…を＋持つ〕

****

あわせて歌う 。

★ 歌う（唱歌）

★ あわせ る（隨著）→
　あわせ て（隨著・て形）

72 戴耳機聽音樂

① 戴耳機 ➡

1 ··· 戴 耳 機 ···

我戴上耳機。➡➡➡➡➡➡➡➡➡➡➡➡

〔つける〕是〔他動詞〕，
慣用〔…を＋つける〕

2 ··· 播 放 音 樂 ···

我播放音樂。➡➡ | おんがく
音楽 を かける |。

★ 音楽をかける（播放音樂）
★ 音楽（音樂）
★ かける（啓動）

3 ··· 調 大 聲 ···

我把音量調大聲。➡➡➡➡➡➡➡➡➡➡➡➡

〔上げる〕是〔他動詞〕，
慣用〔…を＋上げる〕

❷ 放音樂 ➡ **❸** 調大聲

* *

イヤホン を つける 。

★ イヤホンをつける（戴上耳機）
★ イヤホン（耳機）
★ つける（戴上）

* *

〔かける〕是〔他動詞〕，慣用〔…を＋かける〕

* *

ボリューム を 上げる 。

★ ボリュームを上げる（音量調大聲）
★ ボリューム（音量）
★ 上げる（調高）

① 排隊買票 ➡

1
… 排隊買票 …

我排隊買電影票。➡➡ 並んで 映画 の
電影

★ 並ぶ（排隊）→
並んで（排隊・て形）

★〔電影的…〕
助詞用〔の〕

2
… 找座位 …

我在電影院內找座位。➡➡➡➡ 劇場 で
電影院

★〔在電影院〕
助詞用〔で〕

3
… 看電影 …

我坐下來看電影。➡➡➡➡➡➡➡ 座って

★ 座る（坐）→
座って（坐・て形）

* *

チケット を 買う 。

★ チケットを買う（買票）
★ チケット（票）
★ 買う（買）

〔買う〕是〔他動詞〕，慣用〔…を＋買う〕

* *

席 を 探す 。

★ 席を探す（找座位）
★ 席（座位）
★ 探す（尋找）

〔探す〕是〔他動詞〕，慣用〔…を＋探す〕

* *

映画 を 見る 。

★ 映画を見る（看電影）
★ 映画（電影）
★ 見る（看）

〔見る〕是〔他動詞〕，慣用〔…を＋見る〕

74 看電視

① 開電視 ➡

1 … 開 電 視 …

我打開電視。➡ テレビ を つける 。

★ テレビをつける（打開電視）
★ テレビ（電視）
★ つける（打開）

2 … 選 台 …

我選台。➡➡ チャンネル を 選ぶ 。
えら

★ チャンネルを選ぶ（選台）
★ チャンネル（頻道）
★ 選ぶ（選擇）

3 … 廣 告 時 … 轉 台 …

一到廣告時間我就轉台。

➡➡➡➡➡➡➡ 広告 の 時間 に なる
こうこく　　じかん
廣告　　　　時間

★〔廣告的…〕
　助詞用〔の〕

★〔到…時候〕
　用〔…に＋なる〕

★ なる（變成）

206

②選台 ➡ ③廣告時轉台

* *

〔つける〕是〔他動詞〕，慣用〔…を＋つける〕

* *

〔選ぶ〕是〔他動詞〕，慣用〔…を＋選ぶ〕

* *

★助詞（表示一…就…）

と ｜ チャンネル を 変える ｜ 。

★チャンネルを変える（轉台）
★チャンネル（頻道）★変える（變換）

〔変える〕是〔他動詞〕，慣用〔…を＋変える〕

207

75 投籃

① 運球 ➡

① … 運 球 …

我運球。➡➡➡➡➡➡➡➡➡➡➡➡➡➡➡➡

② … 瞄 準 籃 框 …

我瞄準籃框。➡➡➡➡➡➡➡➡➡➡➡➡➡➡

〔狙う〕是〔他動詞〕，
慣用〔…を＋狙う〕

③ … 投 籃 …

我投籃。➡➡➡➡➡➡➡➡➡➡➡➡➡➡➡➡➡

* *

ドリブルする。

★ドリブルする（運球）
★外來語，源自英語「dribble」

* *

ゴール を 狙う 。

★ゴールを狙う（瞄準籃框）
★ゴール（籃框）
★狙う（瞄準）

* *

シュートする。

★シュートする（投籃）
★外來語，源自英語「shoot」

① 換泳衣 ➡

1 …換泳衣…

我換穿泳衣。➡➡➡➡➡➡➡➡➡ 水着 に
みずぎ
泳衣

★〔換泳衣〕
助詞用〔に〕

2 …戴蛙鏡…

我戴上蛙鏡。➡➡➡➡➡➡➡➡➡➡➡➡➡

〔かける〕是〔他動詞〕，
慣用〔…を＋かける〕

3 …進入…游泳…

我進入泳池游泳。➡➡➡➡➡➡ プール に
泳池

★〔進入泳池〕
助詞用〔に〕

* *

き が
着替える。

★ 着替える（換穿）

* *

すいちゅうめ が ね
水中眼鏡 を かける 。

★ 水中眼鏡をかける（戴上蛙鏡）
★ 水中眼鏡（蛙鏡）
★ かける（戴上）

* *

はい   およ
入って泳ぐ。

★ 泳ぐ（游泳）

★ 入 る（進入）→
　入 って（進入・て形）

211

77 慢跑

① 穿慢跑鞋 ➡

1 … 穿 慢 跑 鞋 …

我穿上慢跑鞋。➡➡➡➡➡➡➡➡➡➡➡➡➡

〔穿く〕是〔他動詞〕，
慣用〔…を＋穿く〕

2 … 做 暖 身 操 …

我做暖身操。

➡➡➡➡➡➡➡ じゅん び うんどう
準 備 運 動 を する 。

★ 準備運動をする（做暖身操）
★ 準備運動（暖身操）
★ する（做）

3 … 開 始 慢 跑 …

我開始慢跑。➡➡➡➡➡➡➡➡➡➡➡➡➡

〔始める〕是〔他動詞〕，
慣用〔…を＋始める〕

* *

マラソンシューズ を 穿^はく 。

★マラソンシューズを穿く（穿上慢跑鞋）
★マラソンシューズ（慢跑鞋）
★穿く（穿上）

* *

〔する〕是〔他動詞〕，慣用〔…を＋する〕

* *

マラソン を 始^{はじ}める 。

★マラソンを始める（開始慢跑）
★マラソン（慢跑）
★始める（開始）

78 現場看球

 ① 買票看球 ➡

①…買票…

我買票看球賽。➡➡➡➡➡➡➡➡ <u>試合</u> の
しあい
球賽

★〔球賽的…〕
助詞用〔の〕

②…幫球隊加油…

我幫支持的球隊大聲加油。➡ 応援する
おうえん

★応援する（支持）

③…喜歡 high 的氣氛…

我很喜歡現場這麼 high 的氣氛。➡ 現場
げんば
現場

 ② 幫球隊加油 ➡ ③ 喜歡氣氛high

****

チケット を 買う 。
　　　　　　　　か

★ チケットを買う（買票）
★ チケット（票）
★ 買う（買）

〔買う〕是〔他動詞〕，慣用〔…を＋買う〕

****

チーム に 声援 を 送る 。
球隊　　　せいえん　　おく

　　　　　　　　★ 声援を送る（幫…大聲加油）
★〔幫…大聲加油〕★ 声援（大聲加油）
　 助詞用〔に〕　 ★ 送る（給予）

　　　　　　　　〔送る〕是〔他動詞〕，
　　　　　　　　慣用〔…を＋送る〕

****

の ハイ な 雰囲気 が 好き だ。
　　　　　ふんいき　　す
情緒高漲　　氣氛　　喜歡（斷定助動詞）

　　　　　　　★ 助詞（無義）
★〔現場的…〕
　 助詞用〔の〕
　　　　　　★〔ハイ〕是〔な形容詞〕，
　　　　　　　接名詞時，用〔ハイ＋な＋名詞〕
　　　　　　★ ハイな雰囲気（熱烈的氣氛）

215

CD3-25

① 擦隔離霜 ➡

1 …擦 隔 離 霜…

我<u>塗抹</u>隔離霜。➡➡➡➡➡➡➡➡➡➡➡➡

〔塗る〕是〔他動詞〕，
慣用〔…を＋塗る〕

2 …上 粉 底…

我上粉底。➡➡➡ メイク を する 。

★メイクをする（上粉底）
★メイク（化妝）
★する（做）

3 …定 妝…

我用蜜粉定妝。➡➡➡➡➡ おしろい で

蜜粉

★〔用蜜粉〕
助詞用〔で

216

❷ 上粉底 ➡ ❸ 用蜜粉定妝

* *

下地クリーム を 塗る 。

★ 下地クリームを塗る（塗抹隔離霜）
★ 下地クリーム（隔離霜）
★ 塗る（塗抹）

* *

〔する〕是〔他動詞〕，慣用〔…を＋する〕

* *

メイク を 整える 。

★ メイクを整える（定妝）
★ メイク（化妝）
★ 整える（整理）

〔整える〕是〔他動詞〕，慣用〔…を＋整える〕

80 眼部彩妝

①刷睫毛膏 ➡

1 ⋯ 刷 睫 毛 膏 ⋯

我刷上睫毛膏。➡➡➡➡➡➡➡➡➡➡➡➡

〔塗る〕是〔他動詞〕，
慣用〔…を＋塗る〕

2 ⋯ 塗 眼 影 ⋯

我塗上眼影。➡➡➡➡➡➡➡➡➡➡➡➡➡

〔塗る〕是〔他動詞〕，
慣用〔…を＋塗る〕

3 ⋯ 畫 眼 線 ⋯

我畫眼線。➡➡➡➡➡➡➡➡➡➡➡➡➡➡➡

〔引く〕是〔他動詞〕，
慣用〔…を＋引く〕

✴ ✴

| マスカラ を 塗る 。

★ マスカラを塗る（刷上睫毛膏）
★ マスカラ（睫毛膏）
★ 塗る（塗上）

✴ ✴

| アイシャドウ を 塗る 。

★ アイシャドウを塗る（塗上眼影）
★ アイシャドウ（眼影）
★ 塗る（塗上）

✴ ✴

| アイライン を 引く 。

★ アイラインを引く（畫眼線）
★ アイライン（眼線）
★ 引く（描繪）

① 塗護唇膏 ➡

1 …塗護唇膏…

我塗護唇膏。➡➡➡➡➡➡➡➡➡➡➡➡➡

〔塗る〕是〔他動詞〕，
慣用〔…を＋塗る〕

2 …塗口紅…

我塗口紅。➡➡➡➡ 口紅 (くちべに) を 塗る (ぬ) 。

★ 口紅を塗る（塗口紅）
★ 口紅（口紅）
★ 塗る（塗）

3 …補擦口紅…

用餐後我補擦口紅。➡➡➡ 食事 (しょくじ) の 後 (あと)
用餐 / 之後

★〔用餐的…〕
助詞用〔の〕

220

② 塗口紅 ➡ ③ 補擦口紅

* *

リップクリーム を 塗る（ぬ）。

★リップクリームを塗る（塗護唇膏）
★リップクリーム（護唇膏）
★塗る（塗）

* *

〔塗る〕是〔他動詞〕，慣用〔…を＋塗る〕

* *

口紅（くちべに） を 直す（なお）。

★口紅を直す（補擦口紅）
★口紅（口紅）
★直す（恢復）

〔直す〕是〔他動詞〕，慣用〔…を＋直す〕

221

1 … 修眉毛 …

我修眉毛。➡➡➡➡➡➡➡➡➡➡➡➡➡➡➡

〔整える〕是〔他動詞〕，
慣用〔…を＋整える〕

2 … 畫眉毛 …

我畫眉毛。➡➡➡➡ 眉毛 を 描く 。

★ 眉毛を描く（畫眉毛）
★ 眉毛（眉毛）
★ 描く（畫）

3 … 染眉毛 …

我染眉毛。➡➡➡ 眉毛 を 染める 。

★ 眉毛を染める（染眉毛）
★ 眉毛（眉毛）
★ 染める（染）

② 畫眉毛 ➡ ③ 染眉毛

* *

まゆ げ　　とと の
眉毛 を 整える 。

★ 眉毛を整える（修眉毛）
★ 眉毛（眉毛）
★ 整える（修整）

* *

〔描く〕是〔他動詞〕，慣用〔…を＋描く〕

* *

〔染める〕是〔他動詞〕，慣用〔…を＋染める〕

83 塗防曬乳

① 擠防曬乳 ➡

1 … 擠 防 曬 乳 …

我擠出防曬乳。 ➡➡➡➡➡➡➡➡➡➡➡➡➡

〔絞り出す〕是〔他動詞〕，
慣用〔…を＋絞り出す〕

2 … 塗 防 曬 乳 …

我塗防曬乳在身上。 ➡➡➡➡➡➡ 体 に
　　　　　　　　　　　　　　　　　からだ
　　　　　　　　　　　　　　　　身體

★〔在身上〕
　助詞用〔に〕

3 … 補 擦 防 曬 乳 …

我補擦防曬乳。 ➡➡➡➡➡➡➡➡➡➡➡➡➡

〔塗り直す〕是〔他動詞〕，
慣用〔…を＋塗り直す〕

②塗防曬乳 ➡ ③補擦防曬乳

* *

日焼止めクリーム を 絞り出す 。

★ 日焼け止めクリームを絞り出す（擠出防曬乳）
★ 日焼け止めクリーム（防曬乳）
★ 絞り出す（擠出）

* *

日焼止めクリーム を 塗る 。

★ 日焼け止めクリームを塗る（塗防曬乳）
★ 日焼け止めクリーム（防曬乳）
★ 塗る（塗）

〔塗る〕是〔他動詞〕，慣用〔…を＋塗る〕

* *

日焼止めクリーム を 塗り直す 。

★ 日焼け止めクリームを塗り直す（補擦防曬乳）
★ 日焼け止めクリーム（防曬乳）
★ 塗り直す（重新塗）

① 穿襯衫 ➡

1

★★★★★★★★★★★★★★★★★★★★★★★★★★★★★★★★★★★★

… 穿 上 襯 衫 …

我穿上襯衫。➡➡➡➡➡➡➡➡➡➡➡➡➡➡

〔着る〕是〔他動詞〕,
慣用〔…を+着る〕

2

★★★★★★★★★★★★★★★★★★★★★★★★★★★★★★★★★★★★

… 扣 釦 子 …

我扣上釦子。➡ | ボタン を 留める | 。

★ ボタンを留める（扣上釦子）
★ ボタン（釦子）
★ 留める（扣上）

3

★★★★★★★★★★★★★★★★★★★★★★★★★★★★★★★★★★★★

… 整 理 衣 領 …

我整理衣領。➡➡➡ | 襟 を 整える | 。

★ 襟を整える（整理衣領）
★ 襟（衣領）
★ 整える（整理）

★★★★★★★★★★★★★★★★★★★★★★★★★★★★★★★★★★★★★★

シャツ を 着る 。
き

★シャツを着る（穿上襯衫）
★シャツ（襯衫）
★着る（穿上）

★★★★★★★★★★★★★★★★★★★★★★★★★★★★★★★★★★★★★★

〔留める〕是〔他動詞〕，慣用〔…を＋留める〕

★★★★★★★★★★★★★★★★★★★★★★★★★★★★★★★★★★★★★★

〔整える〕是〔他動詞〕，慣用〔…を＋整える〕

85 打領帶

 ① 穿襯衫 ➡

1 ··· 穿 襯 衫 ···

我穿好襯衫。➡➡ | シャツ を 着た |。

★ シャツを着る（穿襯衫）
★ シャツ（襯衫）
★ 着る（穿）→
　 着た（穿好了・た形）

2 ··· 選 領 帶 ···

我選了一條適合的領帶。➡➡➡➡ 似合う

★ 似合う（適合的）

3 ··· 打 領 帶 ···

我打上領帶。➡➡➡➡➡➡➡➡➡➡➡➡

〔つける〕是〔他動詞〕，
慣用〔…を＋つける〕

****

〔着る〕是〔他動詞〕，慣用〔…を＋着る〕

****

ネクタイ を 選んだ 。

★ ネクタイを選ぶ（選領帯）
★ ネクタイ（領帯）
★ 選 ぶ（選択）→
　選 んだ（選了・た形）

〔選ぶ〕是〔他動詞〕，慣用〔…を＋選ぶ〕

****

ネクタイ を つける 。

★ ネクタイをつける（打上領帯）
★ ネクタイ（領帯）
★ つける（戴上）

229

86 穿鞋

① 拿出鞋子 ➡

1 … 拿 出 鞋 子 …

我從鞋櫃拿出鞋子。 ➡➡➡ 靴箱 から
くつばこ
鞋櫃

★〔從鞋櫃…〕
助詞用〔から〕

2 … 用 鞋 拔 …

我用鞋拔。 ➡➡➡ 靴べら を 使う 。
くつ　　　つか

★ 靴べらを使う（用鞋拔）
★ 靴べら（鞋拔）
★ 使う（使用）

3 … 穿 鞋 子 …

我穿上鞋子。 ➡➡➡ 靴 を 履く 。
くつ　　　は

★ 靴を履く（穿上鞋子）
★ 靴（鞋子）
★ 履く（穿上）

 **②** 用鞋拔 ➡ **③** 穿鞋子

****

くつ　だ
靴 を 出す 。

★ 靴を出す（拿出鞋子）
★ 靴（鞋子）
★ 出す（拿出）

〔出す〕是〔他動詞〕，慣用〔…を＋出す〕

****

〔使う〕是〔他動詞〕，慣用〔…を＋使う〕

****

〔履く〕是〔他動詞〕，慣用〔…を＋履く〕

1 攤開面膜 ➡

1 ★★★★★★★★★★★★★★★★★★★★★★★★★★★★★★★
… 攤 開 面 膜 …

我攤開面膜。➡➡➡➡➡➡➡➡➡➡➡➡➡

〔広げる〕是〔他動詞〕，
慣用〔…を＋広げる〕

2 ★★★★★★★★★★★★★★★★★★★★★★★★★★★★★★★
… 用 面 膜 敷 …

我用面膜敷臉。➡➡➡➡➡➡➡➡➡ かお
顔 に
臉

★〔在臉上〕
助詞用〔に〕

3 ★★★★★★★★★★★★★★★★★★★★★★★★★★★★★★★
… 取 下 面 膜 …

15分鐘後我取下面膜。➡➡ じゅうごふん ご
１５分後 に
15分鐘後

★〔…分鐘後〕
助詞用〔に〕

****

| フェイスマスク を 広げる |。

★フェイスマスクを広げる（攤開面膜）
★フェイスマスク（面膜）
★広げる（攤開）

****

| フェイスマスク を つける |。

★フェイスマスクをつける（敷面膜）
★フェイスマスク（面膜）
★つける（敷上）

〔つける〕是〔他動詞〕，
慣用〔…を＋つける〕

****

| フェイスマスク を 外す |。

★フェイスマスクを外す（取下面膜）
★フェイスマスク（面膜）
★外す（取下）

〔外す〕是〔他動詞〕，慣用〔…を＋外す〕

233

88 戴隱形眼鏡

1
… 洗手 …

我洗淨雙手。 ➡➡ 両手 **を** 洗う 。

★ 両手を洗う（洗淨雙手）
★ 両手（雙手）
★ 洗う（洗）

2
… 挾起隱形眼鏡 …

我用夾子挾起隱形眼鏡。 ピンセット **で**
小夾子

★〔用小夾子〕
助詞用〔で〕

3
… 戴隱形眼鏡 …

我戴上隱形眼鏡。 ➡➡➡➡➡➡➡➡➡➡

〔つける〕是〔他動詞〕，
慣用〔…を＋つける〕

234

* *

〔洗う〕是〔他動詞〕，慣用〔…を＋洗う〕

* *

コンタクトレンズ を 挟む 。

★コンタクトレンズを挟む（挟起隱形眼鏡）
★コンタクトレンズ（隱形眼鏡）
★挟む（挟）

〔挟む〕是〔他動詞〕，慣用〔…を＋挟む〕

* *

コンタクトレンズ を つける 。

★コンタクトレンズをつける（戴上隱形眼鏡）
★コンタクトレンズ（隱形眼鏡）
★つける（戴上）

235

89 穿胸罩

① 穿胸罩 ➡

1 … 穿 胸 罩 …

我穿上胸罩。 ➡➡ | ブラ を つける |。

★ ブラをつける（穿上胸罩）
★ ブラ（胸罩）
★ つける（戴上）

2 … 將 胸 部 撥 入 …

我將胸部撥入胸罩内。 ブラ の 中 に
　　　　　　　　　　胸罩　　裡面（なか）

★〔胸罩的…〕
　助詞用〔の〕

★〔撥入…内〕
　助詞用〔に〕

3 … 調 整 肩 帶 …

我調整肩帶。 ➡➡ | 肩紐 を 整える |。
　　　　　　　　　　（かたひも）（ととの）

★ 肩紐を整える（調整肩帶）
★ 肩紐（肩帶）
★ 整える（調整）

236

****

〔つける〕是〔他動詞〕，慣用〔…を＋つける〕

****

| 胸 を 入れる |。
むね　　　い

★ 胸を入れる（將胸部撥入）
★ 胸（胸部）
★ 入れる（放入）
〔入れる〕是〔他動詞〕，慣用〔…を＋入れる〕

****

〔整える〕是〔他動詞〕，慣用〔…を＋整える〕

1 吹頭髮 ➡

1 ··· 吹 頭 髮 ···

我用吹風機吹頭髮。 ➡➡ ドライヤー で

吹風機

★〔用吹風機〕
助詞用〔で〕

2 ··· 梳 頭 髮 ···

我梳頭髮。 ➡➡➡➡ 髪 を とかす 。

かみ

★ 髪をとかす（梳頭髮）
★ 髪（頭髮）
★ とかす（梳）

3 ··· 抓 整 頭 髮 ···

我用造型產品抓整頭髮。

➡➡➡➡➡➡➡➡➡ スタイリング剤 で

ざい

造型產品

★〔用造型產品〕
助詞用〔で〕

****

ヘアブローする。

★ヘアブローする（吹頭髪）

****

〔とかす〕是〔他動詞〕，慣用〔…を＋とかす〕

****

髪を 整える 。
かみ　 ととの

★髪を整える（抓整頭髪）
★髪（頭髪）★整える（整理）
〔整える〕是〔他動詞〕，慣用〔…を＋整える〕

239

91 減肥瘦身

① 吃減肥餐 ➡

1 ··· 吃 減 肥 餐 ···

我吃減肥餐。 ➡➡➡➡➡➡➡➡➡➡➡➡➡

〔食べる〕是〔他動詞〕，
慣用〔…を＋食べる〕

2 ··· 運 動 ···

我每天運動30分鐘。 ➡➡ 毎日 ３０分
まいにち さんじゅっぷん
毎天　　30分鐘

3 ··· 在 減 肥 ···

我正在減肥。 ➡➡➡➡➡➡➡➡➡➡➡ 今
いま
現在

240

② 運動 ➡ ③ 減肥中

****

ダイエット食 を 食べる 。
　　　しょく　　　た

★ ダイエット食を食べる（吃減肥餐）
★ ダイエット食（減肥餐）
★ 食べる（吃）

****

うんどう
運動する。

★ 運動する（運動）

****

ダイエット を している 。

★ ダイエットをする（減肥）
★ ダイエット（減肥）
★ する（做）→ している（正在做・ている形）
〔する〕是〔他動詞〕，慣用〔…を＋する〕

241

1 想你 ➡

1 … 想你 …

我無時無刻都在想你。 ➡➡ **どんな時も**

無時無刻

★ どんな時も
（無時無刻都）

2 … 想見你 …

我好想見你一面。 ➡ **あなた に とても**

你　　　　　非常

★〔想見某人〕
助詞用〔に〕

3 … 已經愛上你 …

我覺得我已經愛上你。

➡➡➡➡ **もう｜あなた を 愛している**

已經

★ あなたを愛する（愛你）★ あなた（你）
★ 愛する（愛）→ 愛している（正愛著・ている形）

〔愛する〕是〔他動詞〕，慣用〔…を＋愛する〕

★★★★★★★★★★★★★★★★★★★★★★★★★★★★

あなた を 思っている 。
　　　　　　おも

★ あなたを思う（想你）
★ 思 う（想）→
　思 っている（正在想・ている形）

〔思う〕是〔他動詞〕，慣用〔…を＋思う〕

★★★★★★★★★★★★★★★★★★★★★★★★★★★★

会いたい。
あ

★ 会 う（見面）→
　会 いたい（想見面・希望形）

★★★★★★★★★★★★★★★★★★★★★★★★★★★★

★ 助詞（指〔あなたを愛している〕）

の だ と 思う。
　　　　　おも

　　　★ 思う（覺得）

★〔覺得…〕用〔…だ＋と＋思う〕

93 說對不起

① 我錯了 ➡

① …我錯了…

我知道我錯了。➡➡➡➡➡➡➡ 私 が
　　　　　　　　　　　　　　　　　　　我

★ 助詞（無義）

② …覺得抱歉…

我覺得很抱歉。➡➡ とても 申し訳なく
　　　　　　　　　非常

★ 申し訳な い（抱歉・い形容詞）→
　申し訳な く（抱歉・い形容詞連用形）

③ …原諒我…

你能原諒我嗎？➡➡➡➡➡➡➡➡ 許して

★ 許 す（原諒）→
　許 して（原諒・て形）

❷ 覺得抱歉 ➡ ❸ 原諒我

* *

まちが
間違っていた。

★ 間違 う（錯）→
　間違 っていた（錯了・ている形た形）

* *

おも
思っている。

★ 思 う（覺得）→
　思 っている（正覺得・ている形）

* *

いただけますか。

★ …か（…嗎）

★ いただけ る（能夠獲得）→
　いただけ ます（能夠獲得・敬語形）

① 你不該這樣 ➡

① … 你 不 該 …

我覺得你不該這樣做。

➡➡➡➡➡➡➡➡➡ こんな ことをして

這樣子的…

★ ことをする（做…事情）★ こと（事情）
★ する（做）→ して（做・て形）

〔する〕是〔他動詞〕,慣用〔…を＋する〕

② … 我 生 氣 …

我對你的行為感到憤怒。

➡➡➡➡➡ あなた の 行為 に 対して

你　　　行為

★〔你的…〕
助詞用
〔の〕

★〔對於…〕
用〔…に＋対する〕

★ 対する（對於）
対して
（對於・て形）

③ … 無 法 原 諒 …

我無法原諒你。➡➡ あなた を 許す

〔許す〕是〔他動詞〕,
慣用〔…を＋許す〕

★ あなたを許す（原諒你）
★ あなた（你）
★ 許す（原諒）

* *

は いけない 。
　　不應該

★〔不該做…〕
　用〔…して＋は＋いけない〕

* *

怒^{いか}り **を** 覚^{おぼ}える 。

★ 怒りを覚える（感到憤怒）
★ 怒り（憤怒）
★ 覚える（覺得）

〔覚える〕是〔他動詞〕，
慣用〔…を＋覚える〕

* *

こと **は** できない 。

　　　　　★ で **きる**（能）→
　　　　　　で **きない**（不能・否定形）

★〔無法…〕
　用〔…こと＋は＋できない〕

247

95 說我們分手吧

CD4-14

 ① 個性不合 ➡

1 ⋯ 個性 不合 ⋯

我覺得我們個性不合⋯

➡➡➡➡➡➡➡➡ 私たち の 性格 は

私たち　我們
性格　個性

★〔我們的⋯〕
助詞用〔の〕

★ 助詞
（無義）

2 ⋯ 沒 有 未 來 ⋯

我覺得我們沒有未來⋯➡➡ 私たち に

私たち　我們

★〔對我們⋯〕
助詞用〔に〕

3 ⋯ 分 手 吧 ⋯

我們分手吧。➡➡➡➡➡➡➡➡➡➡➡➡➡

248

＊＊＊＊＊＊＊＊＊＊＊＊＊＊＊＊＊＊＊＊＊＊＊＊＊＊＊＊＊＊＊

★〔覺得…〕用〔…と＋思う〕

合_あわない **と** 思_{おも}う。

★ 思う（覺得）

★ 合_あう（適合）→
合 わない（不適合・否定形）

＊＊＊＊＊＊＊＊＊＊＊＊＊＊＊＊＊＊＊＊＊＊＊＊＊＊＊＊＊＊＊

未来_{みらい} **は** ない **と** 思_{おも}う。
未來　／　沒有

★ 助詞（無義）　　★ 思う（覺得）

★〔覺得…〕
用〔…と＋思う〕

＊＊＊＊＊＊＊＊＊＊＊＊＊＊＊＊＊＊＊＊＊＊＊＊＊＊＊＊＊＊＊

別_{わか}れよう。

★ 別れ **る**（分手）→
別れ **よう**（分手吧・勸誘形）

96 說我們結婚吧

1 和我結婚 ➡

1 ··· 願 意 和 我 結 婚 ···

你願意和我結婚嗎? ➡➡➡➡➡ 結婚して
けっこん

★ 結婚 する (結婚) →
結婚 して (結婚・て形)

2 ··· 照 顧 你 一 輩 子 ···

我會照顧你一輩子。 ➡➡➡➡➡➡ 一生
いっしょう
一輩子

3 ··· 結 婚 吧 ···

我們結婚吧。 ➡➡➡➡➡ ➡➡➡➡➡ ➡➡

★ ★

もらえます**か**。

★ …か（…嗎）

★ もら**う**（我獲得…）→
　 もら **えます**（我能獲得…・可能形敬語）

★ ★

<ruby>大切<rt>たいせつ</rt></ruby> **に** する 。

★ 大切にする（會珍惜）
★ 大切（珍惜）
★ する（做）

★ ★

<ruby>結婚<rt>けっこん</rt></ruby>しよう。

★ 結婚 **する**（結婚）→
　 結婚 **しよう**（結婚吧・勸誘形）

① 好主意 ➡

1 …好主意…

這是個好主意。➡➡➡➡ それ は いい
　　　　　　　　　　　 那　　　　好的

★ 助詞（無義）

2 …好建議…

我覺得這個建議很好。➡➡ その 提案
　　　　　　　　　　　 這個　 建議

3 …贊成…

我舉雙手贊成。➡➡ 諸手 を 挙げて

★ 諸手を挙げる（舉雙手）
★ 諸手（雙手）
★ 挙げる（舉起）→
　挙げて（舉起・て形）

★★★

<u>アイデア</u> だ。
　主意　　（斷定助動詞）

★★★

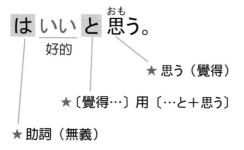

は <u>いい</u> と 思^{おも}う。
　　好的

　　　　　　　　★ 思う（覺得）

　　　★〔覺得…〕用〔…と＋思う〕

★ 助詞（無義）

★★★

賛成^{さんせい}する。

　　★ 賛成する（贊成）

〔挙げる〕是〔他動詞〕，慣用〔…を＋挙げる〕

253

98 說我反對

① 不認為這個好 ➡

1 …不認為這個好…

我**不認為**這是個好主意。

➡➡➡➡ それ **が** いい アイデア **だ** と

那 ／ 好的 主意 ／

★ 助詞（無義）

★〔認為是…〕
用〔…だ＋と＋思う〕

2 …堅決反對…

我**堅決反對**。 ➡➡➡➡➡➡➡➡➡ 絶対 に

ぜったい

堅決

★ 絶対に（堅決地）

3 …想其他辦法…

我們想想看**其他**的辦法。 ➡➡➡ 他 の

ほか

其他 ／

★〔其他的…〕
助詞用〔の〕

****

は 思^{おも}わない。

★ 思 う（認為）→
　思 わない（不認為・否定形）

★ 助詞（無義）

****

反対^{はんたい} だ。
反對 （斷定助動詞）

****

方法^{ほうほう} を 考^{かんが}えて みよう。

★ 方法を考える（想辦法）
★ 考え る（想）→
　考え て（想・て形）

〔考える〕是〔他動詞〕，
慣用〔…を＋考える〕

★〔嘗試做…〕用
　〔て形＋みる〕
★ …てみ る（嘗試）→
　…てみ よう
　（嘗試吧・勸誘形）

255

1 … 支 持 你 …

我支持你。➡➡➡➡➡➡➡➡➡➡➡➡➡➡➡

〔応援する〕是〔他動詞〕，
慣用〔…を＋応援する〕

2 … 加 油 …

我幫你加油。➡➡➡➡➡➡➡➡ あなた が

你

★ 助詞（無義）

3 … 你 做 得 到 …

我相信你一定做得到。➡ あなた なら

你　　如果是…

* *

あなた **を** 応援（おうえん）する 。

★ あなたを応援する（支持你）
★ あなた（你）
★ 応援する（支持）

* *

頑張（がんば）れるよう助（たす）ける。

★ 助ける（幫忙）

★〔希望能夠…〕用〔可能形＋よう〕

★ 頑張 る（加油）→
頑張 れる（能夠加油・可能形）

* *

きっと できる **と** 信（しん）じている。
一定

★ できる
（能夠）

★ 信 じる（相信）→
信 じている（相信・ている形）

★〔相信…〕用〔…と＋信じる〕

257

100 我很煩惱

 CD4-19

① 笑不出來 ➡

① … 笑 不 出 來 …

我笑不出來。➡➡➡➡➡➡ 笑うこと が

★笑う（笑）

★〔無法…〕用
〔…こと＋が＋できない〕

② … 吃 不 下 …

我吃不下（東西）。➡➡➡➡➡ 食事 が
食物

★助詞
（無義）

③ … 睡 不 著 …

我睡不著。➡➡➡➡➡➡➡➡➡➡➡➡➡

258

* *

できない。

★ できる（能）→
　できない（不能・否定形）

* *

| のど
喉 を 通らない | 。

★ 喉を通らない（吃不下）
★ 喉（喉嚨）
★ 通る（通過）→
　通らない（沒通過・否定形）

〔通る〕是〔他動詞〕，慣用〔…を＋通る〕

* *

ねむ
眠れない。

　★ 眠る（睡覺）→
　　眠れない（睡不著・可能形否定）

CD4-20

① 心情糟 ➡

★★★★★★★★★★★★★★★★★★★★★★★★★★★★★

1 … 心 情 糟 …

我的**心情很糟**。➡➡➡➡➡➡ さいあく
最悪 の

最糟糕

★〔最糟糕的…〕
助詞用〔の〕

★★★★★★★★★★★★★★★★★★★★★★★★★★★★★

2 … 想 聊 一 聊 …

我**想找人聊一聊**。➡➡➡➡➡➡ だれ
誰か と

某個人

★〔和某個人…〕
助詞用〔と〕

★★★★★★★★★★★★★★★★★★★★★★★★★★★★★

3 … 有 人 陪 …

我**需要有人陪我**。➡➡➡➡➡➡ だれ
誰か に

某個人

★〔需要某個人做…〕
助詞用〔に〕

❷ 找人聊一聊 ➡ **❸ 要有人陪**

****

気分だ。
心情 （断定助動詞）

****

おしゃべりしたい。

★ おしゃべり する（聊一聊）→
　 おしゃべり したい（想聊一聊・希望形）

****

そば に いて ほしい。
身邊 　　　　　需要

　　　　★ いる（在）→ いて（在・て形）
　　　　★〔我需要有人…〕用
　　　　　〔…て形＋ほしい〕

★〔在…地方〕用〔…に＋いる〕
★ そばにいる（在身邊）

102 準備開車

CD4-21

1 坐進駕駛座 ➡

1 … 坐 進 駕 駛 座 …

我坐進駕駛座。➡➡➡➡➡➡➡ 運転席
_{うんてんせき}
駕駛座

2 … 繫 安 全 帶 …

我繫上安全帶。➡➡➡➡➡➡➡➡➡➡➡

〔締める〕是〔他動詞〕，
慣用〔…を＋締める〕

3 … 發 動 引 擎 …

我發動引擎。➡➡➡➡➡➡➡➡➡➡➡➡➡

〔かける〕是〔他動詞〕，
慣用〔…を＋かける〕

② 繋安全帯 ➡ ③ 發動引擎

★★★★★★★★★★★★★★★★★★★★★★★★★★★★★★★★★★★★★★★

に 座る。
  すわ

★〔坐在…〕用　　　★座る（坐）
　〔…に＋座る〕

★★★★★★★★★★★★★★★★★★★★★★★★★★★★★★★★★★★★★★★

シートベルト を 締める 。
　　　　　　　　し

★シートベルトを締める（繋上安全帯）
★シートベルト（安全帯）
★締める（繋上）

★★★★★★★★★★★★★★★★★★★★★★★★★★★★★★★★★★★★★★★

エンジン を かける 。

★エンジンをかける（發動引擎）
★エンジン（引擎）
★かける（發動）

263

① 踩油門 ➡

1
★★★★★★★★★★★★★★★★★★★★★★★★★★★★★★★

… 踩 油 門 …

我踩油門前進。

➡➡➡➡➡➡➡ | アクセル を 踏んで |

★ アクセルを踏む（踩油門）★ アクセル（油門）
★ 踏む（踩）→ 踏んで（踩・て形）

〔踏む〕是〔他動詞〕，慣用〔…を＋踏む〕

2
★★★★★★★★★★★★★★★★★★★★★★★★★★★★★★★

… 轉 方 向 盤 …

我轉動方向盤。 ➡➡➡➡➡➡➡➡➡➡➡➡

〔回す〕是〔他動詞〕，
慣用〔…を＋回す〕

3
★★★★★★★★★★★★★★★★★★★★★★★★★★★★★★★

… 打 方 向 燈 …

我打方向燈。 ➡➡➡➡➡➡➡➡➡➡➡➡➡➡

〔つける〕是〔他動詞〕，
慣用〔…を＋つける〕

② 轉方向盤 ➡ ③ 打方向燈

****

前に進む。

前面

★ 進む（前進）

★〔向前〕助詞用〔に〕

****

ハンドルを回す 。

★ ハンドルを回す（轉動方向盤）
★ ハンドル（方向盤）
★ 回す（轉動）

****

方向指示器 を つける 。

★ 方向指示器をつける（打方向燈）
★ 方向指示器（方向燈）
★ つける（打開燈）

CD4-23

① 戴安全帽 ➡

1
··· 戴 安 全 帽 ···

我戴上安全帽。➡➡➡➡➡➡➡➡➡➡➡➡

〔被る〕是〔他動詞〕，
慣用〔…を＋被る〕

2
··· 發 動 ···

我發動機車。➡➡➡➡➡ **オートバイ** の
機車

★〔機車的…〕
助詞用〔の〕

3
··· 前 進 ···

我轉動把手加油前進。➡➡➡➡➡➡➡➡➡➡➡

〔回す〕是〔他動詞〕，
慣用〔…を＋回す〕

❷ 發動機車 ➡ ❸ 加油前進

****

ヘルメット を 被^{かぶ}る 。

★ ヘルメットを被る（戴上安全帽）
★ ヘルメット（安全帽）
★ 被る（戴上）

****

エンジン を かける 。

★ エンジンをかける（發動機車）
★ エンジン（引擎）
★ かける（發動）

〔かける〕是〔他動詞〕，慣用〔…を＋かける〕

****

アクセル を 回^{まわ}して 前^{まえ} に 進^{すす}む。
　　　　　　　　　　　　　　前面

★ アクセルを回す（轉動把手加油）　　　　　　★ 進む
★ アクセル（機車加速器）　　　　　　　　　　（前進）
★ 回す（轉動）→
　回して（轉動・て形）　　　　　★〔向前〕
　　　　　　　　　　　　　　　　助詞用〔に〕

267

① 時速二十公里 ➡

① **… 時 速 二 十 公 里 …**

車速只有20公里。➡➡ 時速 ２０キロ

時速（じ そく）　20公里（にじゅっ）

② **… 走 走 停 停 …**

車子走走停停。➡➡➡ 車 は のろのろ

車（くるま）　車子　　緩慢地

★ 助詞（無義）

③ **… 動 彈 不 得 …**

我塞在車陣中動彈不得。➡➡➡ 渋滞（じゅうたい）で

塞車

★〔因為塞車〕
助詞用〔で〕

② 走走停停 ➡ ③ 動彈不得

★ ★

しか 出てない。

★ 出 る（出現）→
出 てない （沒出現・ている形否定）
★ 20キロしか出てない（只有出現20公里）

★〔只有…〕助詞用〔しか＋否定形〕

★ ★

動いている。

★ 動 く（移動）→
動 いている （正在移動・ている形）

★ ★

まったく 動くこと が できない。
完全

★ できる（能）→
できない （不能・否定形）

★ 動く（移動）

★〔不能夠…〕
用〔…こと＋が＋できない〕

106 搭公車

① 等公車 ➡

1 … 等公車 …

我等公車。➡➡➡➡ バス を 待つ 。

★ バスを待つ（等公車）
★ バス（公車）
★ 待つ（等待）

2 … 上公車 …

我上公車。➡➡➡➡➡➡➡➡➡➡➡ バス
公車

3 … 按下車鈴 …

我按下車鈴。➡➡➡➡➡➡➡➡➡➡➡➡

〔押す〕是〔他動詞〕，
慣用〔…を＋押す〕

* *

〔待つ〕是〔他動詞〕，慣用〔…を＋待つ〕

* *

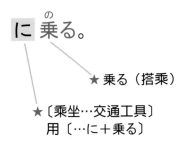

に 乗る。

★ 乗る（搭乘）

★〔乘坐…交通工具〕
　用〔…に＋乗る〕

* *

降車ベル を 押す 。

★ 降車ベルを押す（按下車鈴）
★ 降車ベル（下車鈴）
★ 押す（按壓）

271

107 搭計程車

① 舉手攔車 ➡

① … 舉 手 攔 車 …

我**舉手**招計程車。 ➡➡ | て　あ
手 **を** 挙げて |

★ 手を挙げる（舉手）
★ 手（手）
★ 挙げ **る**（舉起）→
　挙げ **て**（舉起・て形）

〔挙げる〕是〔他動詞〕，
慣用〔…を＋挙げる〕

② … 上 計 程 車 …

我**上**計程車。 ➡➡➡➡➡➡➡➡ タクシー

計程車

③ … 下 車 …

我**付錢**下車。 ➡➡➡➡ | し　はら
支払い **を** して |

★ 支払いをする（付錢）
★ 支払い（付錢）
★ する（做）→
　して（做・て形）

〔する〕是〔他動詞〕，
慣用〔…を＋する〕

272

****

タクシー を 呼ぶ 。

★タクシーを呼ぶ（招計程車）
★タクシー（計程車）
★呼ぶ（喊叫）

〔呼ぶ〕是〔他動詞〕，慣用〔…を＋呼ぶ〕

****

に 乗る。

★乗る（搭乗）

★〔乗坐…交通工具〕
　用〔…に＋乗る〕

****

タクシー を 降りる 。

★タクシーを降りる（下計程車）
★タクシー（計程車）
★降りる（下車）

〔降りる〕是〔他動詞〕，慣用〔…を＋降りる〕

108 搭捷運

① 進捷運站 ➡

1
★★★★★★★★★★★★★★★★★★★★★★★★★★★★★★★★★
… 進 捷 運 站 …

我走進捷運站。➡➡➡➡➡ エムアールティー
M R T の
捷運

★〔捷運的…〕
助詞用〔の〕

2
★★★★★★★★★★★★★★★★★★★★★★★★★★★★★★★★★
… 等 捷 運 …

我在月台等捷運。➡➡➡➡➡➡ **ホーム で**
月台

★〔在月台〕
助詞用〔で〕

3
★★★★★★★★★★★★★★★★★★★★★★★★★★★★★★★★★
… 排 隊 上 捷 運 …

我排隊上捷運。➡➡➡➡➡➡➡ なら
並んで

★ 並 ぶ（排隊）→
並 んで（排隊・て形）

274

えき
駅 に **入る。**
車站　　はい

★ 入る（進入）

★〔走進車站〕助詞用〔に〕

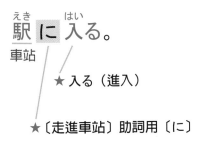

でんしゃ　　ま
電車 を 待つ。

★ 電車を待つ（等捷運列車）
★ 電車（捷運列車）
★ 待つ（等待）

〔待つ〕是〔他動詞〕，慣用〔…を＋待つ〕

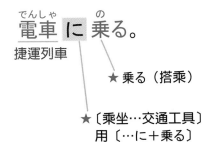

でんしゃ　　の
電車 に **乗る。**
捷運列車

★ 乗る（搭乗）

★〔乗坐…交通工具〕
　用〔…に＋乗る〕

109 過馬路

1 等紅燈 ➡

1 …等紅燈…

我等紅燈。➡➡➡ 赤信号 を 待つ 。
あかしんごう   ま

★ 赤信号を待つ（等紅燈）
★ 赤信号（紅燈）
★ 待つ（等待）

2 …變綠燈…

變綠燈了。➡➡➡➡➡➡➡➡➡ 青信号
あおしんごう
綠燈

3 …過馬路…

我快步過馬路。➡➡➡➡➡➡ 急ぎ足 で
いそ あし
快步

★〔用快步的方式〕
助詞用〔で〕

②變綠燈 ➡ ③過馬路

* *

〔待つ〕是〔他動詞〕，慣用〔…を＋待つ〕

* *

に なる。

★ なる（變成）

★〔變成…〕
　用〔…に＋なる〕

* *

道 を 渡る 。
みち　　　わた

★ 道を渡る（過馬路）
★ 道（馬路）
★ 渡る（通過）

〔渡る〕是〔他動詞〕，慣用〔…を＋渡る〕

110 汽車加油

① 開進加油站 ➡

① ★★★★★★★★★★★★★★★★★★★★★★★★★★★
… 開 進 加 油 站 …

我把車子開進加油站。➡➡➡➡➡➡ <ruby>車<rt>くるま</rt></ruby> で
車

★〔用車子〕
助詞用〔で〕

② ★★★★★★★★★★★★★★★★★★★★★★★★★★★★
… 加 哪 一 種 油 …

我說我要加什麼油。➡➡➡➡➡➡➡ どの
什麼樣的

③ ★★★★★★★★★★★★★★★★★★★★★★★★★★★
… 加 滿 油 …

工作人員幫我加滿油。➡➡ スタッフ が
工作人員

★助詞（無義）

② 加哪一種油 **➡** **③** 加滿油

＊＊＊＊＊＊＊＊＊＊＊＊＊＊＊＊＊＊＊＊＊＊＊＊＊＊＊＊＊＊＊

<u>ガソリンスタンド</u> に 入^{はい}る。
加油站

★入る（進入）

★〔開進加油站〕助詞用〔に〕

＊＊＊＊＊＊＊＊＊＊＊＊＊＊＊＊＊＊＊＊＊＊＊＊＊＊＊＊＊＊＊

ガソリン を 入^いれる か 言^いう。

★言う（說）

★ガソリンを入れる（加油）
★ガソリン（汽油）
★入れる（加入）

〔入れる〕是〔他動詞〕，
慣用〔…を＋入れる〕

★…か（…呢）
★どの…か
　（什麼樣的…呢）

＊＊＊＊＊＊＊＊＊＊＊＊＊＊＊＊＊＊＊＊＊＊＊＊＊＊＊＊＊＊＊

ガソリン を 満^{まん}タン に する 。

★ガソリンを満タンにする（加滿油）
★ガソリン（汽油）
★満タンにする（使…加滿）

〔使…加滿〕，慣用〔…を＋満タンにする〕

279

① 限速六十公里 ➡

1

… 限 速 六 十 公 里 …

這條路限速60公里。➡ この 道路 は

　　　　　　　　　　　　　　這條　道路

★ 助詞（無義）

2

… 時 速 九 十 公 里 …

我將時速開到90公里。➡➡➡➡➡ 時速

　　　　　　　　　　　　　　　　　時速

3

… 被 照 到 …

結果，我被測速照相機拍到。

➡➡➡ だから スピード監視カメラ に

　　　 所以　　　　測速照相機

★〔被測速照相機…〕
　助詞用〔に〕

280

* *

時速（じそく）６０キロ 制限（せいげん）だ。

時速　　　60公里　　　限制　（斷定助動詞）

* *

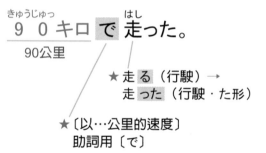

９０キロ（きゅうじゅっ）で 走（はし）った。

90公里

★ 走 る（行駛）→
　走 った（行駛・た形）

★〔以…公里的速度〕
　助詞用〔で〕

* *

撮（と）られた。

★ 撮 る（照相）→
　撮 られた（被照相了・被動た形）

① 穿越馬路 ➡

① … 穿 越 馬 路 …

我違規穿越馬路。➡➡➡➡➡ **無理やり**

不在乎一切地

② … 車 子 按 喇 叭 …

很多**車子**對我**按喇叭**。

★ 助詞
（無義）

➡➡➡➡➡ **たくさん の 車 が 私 に**

很多　　　汽車　　我

★〔很多的…〕
助詞用〔の〕

★〔朝向…〕用
〔…に＋向かう〕

③ … 陷 入 險 境 …

我**陷入**非常**危險**的狀況。➡➡ **非常 に**

非常

★非常に（非常地）

282

★★★★★★★★★★★★★★★★★★★★★★★★★★★★★★★★★★★★★★

みち
道 を 横断する 。
おうだん

★ 道を横断する（穿越馬路）
★ 道（馬路）
★ 横断する（穿越）

〔横断する〕是〔他動詞〕，
慣用〔…を＋横断する〕

★★★★★★★★★★★★★★★★★★★★★★★★★★★★★★★★★★★★★★

★ 向か う（對著）→
　向か って（對著・て形）

む
向かって クラクション を 鳴らした 。
な

★ クラクションを鳴らす（按喇叭）
★ クラクション（汽車喇叭）
★ 鳴ら す（使…響）→ 鳴ら した（使…響了・た形）

〔鳴らす〕是〔他動詞〕，慣用〔…を＋鳴らす〕

★★★★★★★★★★★★★★★★★★★★★★★★★★★★★★★★★★★★★★

き けん　　　じょうたい　　　おちい
危険 な 状態 に 陥った。
危險的　　情況

★ 陥 る（陷入）→
　陥 った（陷入了・た形）

★〔陷入…情況〕用〔…に＋陥る〕

★〔危険〕是〔な形容詞〕，
　接名詞時，用〔危険＋な＋名詞〕
★ 危険な状態（危險的情況）

113 接受酒測

① 警察攔我 ➡

1 … 警察攔我 …

警察將我攔下。➡➡➡➡➡➡ 警察 が
けいさつ
警察

★ 助詞（無義）

2 … 問我有沒有喝酒 …

警察問我有沒有喝酒。➡➡➡ 警察 は
けいさつ
警察

★ 助詞
（無義）

3 … 接受酒測 …

警察要我接受酒測。➡ 警察 は 私 に
けいさつ　　　わたし
警察　　　我

★ 助詞（無義）

★〔讓我…〕
助詞用〔に〕

****

私 を 止めた 。

★ 私を止める（將我攔下）
★ 私（我）
★ 止め る（使…停下）→
　 止め た（使…停了下來・た形）

〔止める〕是〔他動詞〕, 慣用〔…を＋止める〕

****

酒 を 飲んでいる かどうか 聞いた。

不確定是否…

★ 酒を飲む（喝酒）
★ 飲 む（喝）→
　 飲 んでいる（喝・ている形）

〔飲む〕是〔他動詞〕,
慣用〔…を＋飲む〕

★ 聞 く（問）→
　 聞 いた
　（問了・た形）

****

アルコールテスト を 受けさせた 。

★ アルコールテストを受ける（接受酒測）
★ アルコールテスト（酒精測試）
★ 受け る（接受）→
　 受け させた（使…接受了・使役た形）

〔受ける〕是〔他動詞〕, 慣用〔…を＋受ける〕

285

114 汽車拋錨

① 車況怪怪的 ➡

① … 車況怪怪的 …

我感覺車況怪怪的。➡➡➡➡➡ <ruby>車<rt>くるま</rt></ruby> の
車子

★〔車子的…〕
助詞用〔の〕

② … 把車停靠路邊 …

我趕緊將車子停靠路邊。➡➡➡ <ruby>急<rt>いそ</rt></ruby>いで

★ 急ぐ（趕緊）→
急いで（趕緊・て形）

③ … 放故障號誌 …

我在車後方放置故障號誌。

➡➡➡➡➡➡➡➡➡➡➡➡ <ruby>車<rt>くるま</rt></ruby> の <ruby>後方<rt>こうほう</rt></ruby> に
車子　　後方

★〔車子的…〕
助詞用〔の〕

★〔在後方〕
助詞用
〔に〕

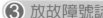

② 把車停靠路邊 ➡ ③ 放故障號誌

＊＊＊＊＊＊＊＊＊＊＊＊＊＊＊＊＊＊＊＊＊＊＊＊＊＊＊＊＊＊＊＊＊＊＊

調子（ちょうし） が おかしい。
状況　　　　　奇怪的

★ 助詞（無義）

＊＊＊＊＊＊＊＊＊＊＊＊＊＊＊＊＊＊＊＊＊＊＊＊＊＊＊＊＊＊＊＊＊＊＊

路肩（ろかた） に 車（くるま） を 一時停車（いちじていしゃ）した。
路邊

★〔停在…〕
　助詞用〔に〕

★ 車を一時停車する（臨時停車）
★ 車（車子）★ 一時（臨時）
★ 停車 する（停車）→
　停車 した（停車了・た形）

〔停車する〕是〔他動詞〕，
慣用〔…を＋停車する〕

＊＊＊＊＊＊＊＊＊＊＊＊＊＊＊＊＊＊＊＊＊＊＊＊＊＊＊＊＊＊＊＊＊＊＊

〔置く〕是〔他動詞〕，
慣用〔…を＋置く〕

故障（こしょう）マーク を 置（お）いた。

★ 故障マークを置く（放置故障號誌）
★ 故障マーク（故障號誌）
★ 置 く（放置）→
　置 いた（放置了・た形）

287

● CD5-7

① 打卡 ⇒

① … 打卡 …

我打卡。⇒⇒⇒⇒⇒⇒⇒⇒⇒⇒⇒⇒⇒⇒⇒

〔押す〕是〔他動詞〕，
慣用〔…を＋押す〕

② … 打招呼 …

我和同事打招呼。⇒⇒⇒⇒⇒⇒ 同僚 に
どうりょう
同事

★〔向同事…〕
助詞用〔に〕

③ … 開始上班 …

我開始上班。⇒⇒ 仕事 を 始める 。
し ごと   はじ

★ 仕事を始める（開始上班）
★ 仕事（工作）
★ 始める（開始）

✦✦✦✦✦✦✦✦✦✦✦✦✦✦✦✦✦✦✦✦✦✦✦✦✦✦✦✦✦✦✦

> タイムカード を 押^おす 。

★ タイムカードを押す（打卡）
★ タイムカード（出勤卡）
★ 押す（按壓）

✦✦✦✦✦✦✦✦✦✦✦✦✦✦✦✦✦✦✦✦✦✦✦✦✦✦✦✦✦✦✦

> あいさつ を する 。

★ あいさつをする（打招呼）
★ あいさつ（打招呼）
★ する（做）

〔する〕是〔他動詞〕，慣用〔…を＋する〕

✦✦✦✦✦✦✦✦✦✦✦✦✦✦✦✦✦✦✦✦✦✦✦✦✦✦✦✦✦✦✦

〔始める〕是〔他動詞〕，慣用〔…を＋始める〕

289

116 接電話

① 打電話 ➡

1 … 打 電 話 …

我打電話。➡➡➡ | 電話 を かける | 。

★ 電話をかける（打電話）
★ 電話（電話）
★ かける（掛上）

2 … 接 聽 電 話 …

我接聽電話。➡➡ | 電話 を 受ける | 。

★ 電話を受ける（接聽電話）
★ 電話（電話）
★ 受ける（接受）

3 … 轉 接 電 話 …

我轉接電話。➡ | 電話 を 取り次ぐ | 。

★ 電話を取り次ぐ（轉接電話）
★ 電話（電話）
★ 取り次ぐ（轉達）

〔かける〕是〔他動詞〕，慣用〔…を＋かける〕

* *

〔受ける〕是〔他動詞〕，慣用〔…を＋受ける〕

* *

〔取り次ぐ〕是〔他動詞〕，慣用〔…を＋取り次ぐ〕

❶ … 傳 真 文 件 …

我傳真文件。➡➡➡➡➡➡➡➡➡➡➡➡➡

〔ファックスする〕是〔他動詞〕，
慣用〔…を＋ファックスする〕

❷ … 影 印 文 件 …

我影印文件。➡➡➡➡➡➡➡➡➡➡➡➡➡

〔コピーする〕是〔他動詞〕，
慣用〔…を＋コピーする〕

❸ … 列 印 文 件 …

我列印文件。➡➡➡➡➡➡➡➡➡➡➡➡➡

〔プリントアウトする〕是〔他動詞〕，
慣用〔…を＋プリントアウトする〕

****

しょるい
書類 を ファックスする 。

★ 書類をファックスする（傳真文件）
★ 書類（文件）
★ ファックスする（傳真）

****

しょるい
書類 を コピーする 。

★ 書類をコピーする（影印文件）
★ 書類（文件）
★ コピーする（影印）

****

しょるい
書類 を プリントアウトする 。

★ 書類をプリントアウトする（列印文件）
★ 書類（文件）
★ プリントアウトする（列印）

① 召開會議 ➡

---

1 … 召 開 會 議 …

我召開會議。➡➡➡➡➡➡➡➡➡➡➡➡➡

〔招集する〕是〔他動詞〕，
慣用〔…を＋招集する〕

---

2 … 參 與 會 議 …

我參與會議。➡➡➡➡➡➡➡➡➡➡ 会議
かいぎ
會議

---

3 … 取 消 會 議 …

我取消會議。➡➡➡➡➡➡➡➡➡➡➡➡➡

〔キャンセルする〕是〔他動詞〕，
慣用〔…を＋キャンセルする〕

* *

かい ぎ　　　　　しょうしゅう
会議 を 招集する 。

★ 会議を招集する（召開會議）
★ 会議（會議）
★ 招集する（召開）

* *

さん か
に 参加する。

　　　　★ 参加する（參加）

★〔參與…〕
　用〔…に＋参加する〕

* *

かい ぎ
会議 を キャンセルする 。

★ 会議をキャンセルする（取消會議）
★ 会議（會議）
★ キャンセルする（取消）

295

① 考慮很久 ➡

① … 考慮很久 …

我考慮了很久。 ➡➡➡➡➡ 長い 時間
長久的 時間

② … 決定遞辭呈 …

我決定遞出辭呈。 | 辞表 を 提出 する

★ 辞表を提出する（遞出辭呈）
★ 辞表（辭呈）
★ 提出する（提出）

〔提出する〕是〔他動詞〕，
慣用〔…を＋提出する〕

③ … 找工作 …

我開始找下一個工作。 ➡➡➡➡➡ 次 の
下一個

★〔下一個的…〕
助詞用〔の〕

② 決定遞辭呈 ➡ ③ 開始找工作

* *

かんが
考えた。

★ 考える（考慮）→
　考えた（考慮了・た形）

* *

き
ことに 決めた。

★ 決める（決定）→
　決めた（決定了・た形）

★〔決定…事情〕
　用〔…こと＋に＋決める〕

* *

しごと　　さが　はじ
仕事を 探し始めた。

〔探し始める〕是〔他動詞〕，
慣用〔…を＋探し始める〕

★ 仕事を探し始める（開始找工作）
★ 仕事（工作）
★ 探し始める（開始找）→
　探し始めた（開始找了・た形）

297

120 交換名片

① 拿出名片 ➡

① …拿出名片…

我從名片盒**拿出**名片。

名刺入れ から
めい し い
名片盒

★〔從名片盒…〕
助詞用〔から〕

② …交換名片…

我們互相**交換**名片。➡➡➡➡➡ お互いに
たが
互相

★〔互相…〕
助詞用〔に〕

③ …收起對方名片…

我把對方的名片**收起來**。➡➡ 相手 の
あい て
對方

★〔對方的…〕
助詞用〔の〕

★★★

名刺 を 取り出す 。

★ 名刺を取り出す（拿出名片）
★ 名刺（名片）
★ 取り出す（拿出）

〔取り出す〕是〔他動詞〕，
慣用〔…を＋取り出す〕

★★★

名刺 を 交換する 。

★ 名刺を交換する（交換名片）
★ 名刺（名片）
★ 交換する（交換）

〔交換する〕是〔他動詞〕，
慣用〔…を＋交換する〕

★★★

名刺 を しまう 。

★ 名刺をしまう（收起名片）
★ 名刺（名片）
★ しまう（收起來）

〔しまう〕是〔他動詞〕，慣用〔…を＋しまう〕

121 找工作

 ① 找工作 ➡

1 … 找 工 作 …

我透過網路找工作。 **インターネット** で
　　　　　　　　　網路

★〔透過…找工作〕
助詞用〔で〕

2 … 寄 履 歷 表 …

我用電子郵件寄出履歷表。➡ **メール** で
　　　　　　　　　　　電子郵件

★〔用…寄履歷〕
助詞用〔で〕

3 … 通 知 我 面 試 …

對方通知我面試。➡ <ruby>相手<rt>あいて</rt></ruby> は <ruby>面接<rt>めんせつ</rt></ruby> の
　　　　　　　　　　對方　　　　　面試

★ 助詞（無義）

★〔面試的…〕
助詞用〔の〕

* *

しごと を さが
仕事 を 探す 。

★ 仕事を探す（找工作）
★ 仕事（工作）
★ 探す（尋找）

〔探す〕是〔他動詞〕，慣用〔…を＋探す〕

* *

り れきしょ を はっそう
履歴書 を 発送する 。

★ 履歴書を発送する（寄出履歴表）
★ 履歴書（履歴表）
★ 発送する（寄送）

〔発送する〕是〔他動詞〕，
慣用〔…を＋発送する〕

* *

つうち を
通知 を する 。

★ 通知をする（通知）
★ 通知（通知）
★ する（做）

〔する〕是〔他動詞〕，慣用〔…を＋する〕

① 準時到達 ⇒

1 … 依 約 定 時 間 到 達 …

我**依約定時間到達**對方公司。

⇒⇒⇒⇒⇒⇒⇒ 約束 の 時間 に 相手
やくそく / じかん / あいて
約定 / 時間 / 對方

★〔約定的…〕
助詞用〔の〕

★〔依…的時間〕
助詞用〔に〕

2 … 面 試 三 十 分 鐘 …

對方和我**面談了30分鐘**。 ⇒⇒⇒ 相手 と
あいて
對方

★〔和對方…〕
助詞用〔と〕

3 … 等 候 通 知 …

對方說，請我回家**等候通知**。

⇒⇒⇒⇒⇒⇒⇒⇒⇒⇒ 相手 は 自宅 で
あいて / じたく
對方 / 自己家

★ 助詞（無義）

★〔在自己家〕
助詞用〔で〕

* *

★〔對方的…〕助詞用〔の〕

の 会社 に 着く。
　かいしゃ　　　　つ
公司

★ 着く（到達）

★〔到達…〕用〔…に＋着く〕

* *

さんじゅっぷんかん めんせつ
３０分間 面接した。
30分鐘

★ 面接 する（面談）→
　面接 した（面談了・た形）

* *

〔待つ〕是〔他動詞〕，
慣用〔…を＋待つ〕

つうち　ま　　　　　　　　　い
通知 を 待つ ように 言った。

　　★〔說出希望…〕用
　　　〔…よう＋に＋言う〕　★ 言 う（說）→
　　　　　　　　　　　　　　　言 った
★ 通知を待つ（等候通知）　　（說了・た形）
★ 待つ（等候）

303

123 調薪升職

 工作表現好 →

1 … 工 作 表 現 好 …

公司覺得我的工作表現很好。

➡➡➡➡➡➡➡➡ **会社 は 私 が いい**

かいしゃ 公司

わたし 我

好的

★ 助詞 （無義）

★ 助詞 （無義）

2 … 加 薪 …

我從這個月開始加薪。 ➡➡➡ **今月 から**

こんげつ 這個月

★〔從這個月〕 助詞用〔から〕

3 … 升 職 …

我的職務也做了調升。 ➡➡➡➡ **役職 も**

やくしょく 職務

★〔職務也…〕 助詞用〔も〕

****

★〔做出…評價〕用
〔…と＋評価する〕

| 仕事 を している | と 評価した。 |

★ 仕事をする（工作）　　★ 評価 する（評價）→
★ 仕事（工作）　　　　　　評価 した（評價了・た形）
★ する（做）→ している（做・ている形）

〔する〕是〔他動詞〕，慣用〔…を＋する〕

****

| 給料 が 上がった |。

★ 給料が上がる（加薪）
★ 給料（薪水）
★ 上が る（提升）→
　上がっ た（提升了・た形）

〔上がる〕是〔自動詞〕，慣用〔…が＋上がる〕

****

昇格した。

★ 昇格 する（升職）→
　昇格 した（升職了・た形）

305

CD5-16

① 生病 ➡

⭐⭐⭐⭐⭐⭐⭐⭐⭐⭐⭐⭐⭐⭐⭐⭐⭐⭐⭐⭐⭐⭐⭐⭐⭐⭐⭐⭐⭐⭐

1 … 生 病 …

我生病了。➡➡➡➡➡➡➡➡➡➡➡➡ 病気
びょう き
疾病

⭐⭐⭐⭐⭐⭐⭐⭐⭐⭐⭐⭐⭐⭐⭐⭐⭐⭐⭐⭐⭐⭐⭐⭐⭐⭐⭐⭐⭐⭐

2 … 請 病 假 …

我向公司請一天病假。➡➡➡➡ 会社 に
かいしゃ
公司

★〔向公司…〕
助詞用〔に〕

⭐⭐⭐⭐⭐⭐⭐⭐⭐⭐⭐⭐⭐⭐⭐⭐⭐⭐⭐⭐⭐⭐⭐⭐⭐⭐⭐⭐⭐⭐

3 … 沒 有 全 勤 …

我這個月沒有全勤。➡➡➡➡➡ 今月 は
こんげつ
這個月

★助詞
（無義）

* *

に なった。

> ★ な る（變成）→
> な った（變成了・た形）

★〔變成…〕用〔…に＋なる〕
★ 病気になる（生病）

* *

いちにち 　びょうけつ 　　しんせい
一日 　病欠 を 申請した 。
一天

★ 病欠を申請する（請病假）
★ 病欠（病假）
★ 申請 する（申請）→ 申請 した（申請・た形）

〔申請する〕是〔他動詞〕，
慣用〔…を＋申請する〕

* *

ぜんじつしゅっきん
全日出勤 ではない。
全勤 　　　　沒有

① 工作沒做完 ➡

1 …工作沒做完…

我的工作沒做完。➡➡➡➡➡➡➡➡➡➡➡➡

〔終わる〕是〔自動詞〕，
慣用〔…が＋終わる〕

2 …必須加班…

我必須加班。➡➡➡➡➡➡➡➡➡➡➡➡➡➡

〔する〕是〔他動詞〕，
慣用〔…を＋する〕

3 …常加班…

我最近常加班。➡➡➡➡➡➡➡➡ <ruby>最近<rt>さいきん</rt></ruby> よく
最近　經常

❷ 必須加班 ➡ ❸ 常加班

★★★★★★★★★★★★★★★★★★★★★★★★★★★★★★★★★★★★

仕事 が 終わらない 。
しごと　　　　お

★ 仕事が終わらない（工作沒做完）
★ 仕事（工作）
★ 終わ る（完成）→
　終わ らない（沒完成・否定形）

★★★★★★★★★★★★★★★★★★★★★★★★★★★★★★★★★★★★

残業 を しなければならない 。
ざんぎょう

★ 残業をする（加班）★ 残業（加班）
★ する（做）→
　しなければ（不做的話・否定形假定）
★ な る（可以）→
　な らない（不可以・否定形）
★ …なければならない（必須…）

★★★★★★★★★★★★★★★★★★★★★★★★★★★★★★★★★★★★

残業している。
ざんぎょう

★ 残業 する（加班）→
　残業 している（經常加班的狀態・ている形）

126 調動部門

1 調新部門 ➡

1 ★★★★★★★★★★★★★★★★★★★★★★★★★★★★
… 調 部 門 …

我調到一個新的部門。 ➡➡➡➡➡ あたら
新しい
新的

2 ★★★★★★★★★★★★★★★★★★★★★★★★★★★★★
… 換 座 位 …

我換了座位。➡ | 座席 を 換わった |。
　　　　　　　　ざ せき　　　 か

★ 座席を換わる（換座位）
★ 座席（座位）
★ 換わる（換）→
　換わった（換了・た形）

3 ★★★★★★★★★★★★★★★★★★★★★★★★★★★★
… 有 新 同 事 …

我有新的同事。➡➡➡➡➡➡➡ あたら
新しい
新的

❷ 換座位 ➡ ❸ 有新同事

★★★

<u>部門</u> に 異動した。
部門

        ★ 異動 する（調動）→
         異動 した（調動了・た形）

★〔到…部門〕
  助詞用〔に〕

★★★

〔換わる〕是〔他動詞〕，慣用〔…を＋換わる〕

★★★

<u>同僚</u> が いる。
同事

        ★いる（有人）

★〔有…人〕
  用〔…が＋いる〕

CD5-19

① 到會客室 ➡

① … 帶 … 到 會 客 室 …

我帶訪客到會客室。➡➡➡➡ 客室 に
きゃくしつ
會客室

★〔帶領某人到…〕
助詞用〔に〕

② … 準 備 飲 料 …

我替訪客準備好飲料。➡➡ 訪問客 に
ほうもんきゃく
訪客

★〔替某人準備飲料〕
助詞用〔に〕

③ … 請 … 稍 候 …

我請訪客稍坐等候。➡➡➡ 訪問客 に
ほうもんきゃく
訪客

★〔對某人說…〕
助詞用〔に〕

* *

ほうもんきゃく　　あんない
訪問客 を 案内した 。

★ 訪問客を案内する（帶領訪客）
★ 訪問客（訪客）
★ 案内 する（帶領）→ 案内 した（帶領了・た形）

〔案内する〕是〔他動詞〕，
慣用〔…を＋案内する〕

* *

のみもの　　だ
飲物 を 出した 。

★ 飲物を出す（準備飲料）
★ 飲物（飲料）
★ 出 す（端出）→ 出 した（端出了・た形）

〔出す〕是〔他動詞〕，慣用〔…を＋出す〕

* *

すわ　　ま　　　　　　　い
座って 待つ ように 言った。

★ 待つ（等候）　　　　★ 言 う（說）→
　　　　　　　　　　　　　言 った（說了・た形）

★〔說出希望…〕用
〔…よう＋に＋言う〕

★ 座 る（坐）→ 座 って（坐・て形）

313

128 休年假

1 … 有年假 …

我今年有七天年假。

今年 は 7日 の
今年　　　　七天

★ 助詞
（無義）

★〔七天的…〕
助詞用〔の〕

2 … 打算休年假 …

下個月我打算休年假。➡➡➡➡➡ 来月
来月
下個月

3 … 計畫出國旅遊 …

年假時我計畫出國旅遊。

➡➡➡➡ ➡➡ ➡➡ 有給休暇 では
年假

★〔在年假時…〕
助詞用〔では〕

314

****

ゆうきゅうきゅう か
有給休暇 が ある 。

★ 有給休暇がある（有年假）
★ 有給休暇（年假）
★ ある（有）

〔ある〕是〔自動詞〕，慣用〔…が＋ある〕

****

ゆうきゅうきゅう か
有給休暇 を とる つもり だ。
　　　　　　　　　　　　　打算　（斷定助動詞）

★ 有給休暇をとる（休年假）
★ 有給休暇（年假）
★ とる（取得）

〔とる〕是〔他動詞〕，慣用〔…を＋とる〕

****

かいがいりょこう　　　 い　 けいかく
海外旅行 に 行く計画 だ。
國外旅遊　　　　　　　　計畫　（斷定助動詞）

★行く（去）

★〔去…〕用〔…に＋行く〕

315

CD5-21

① 和同事八卦 ➡

★★★★★★★★★★★★★★★★★★★★★★★★★★★★★★★
1 ⋯ 聊 八 卦 ⋯

我常和同事**聊**八卦。 ➡➡➡➡➡ **同僚 と**
どうりょう
同事

★〔和同事⋯〕
助詞用〔と〕

★★★★★★★★★★★★★★★★★★★★★★★★★★★★★★★★★
2 ⋯ 聽 到 很 多 八 卦 ⋯

我也從同事那邊**聽**到不少八卦。

➡➡➡➡➡➡➡ **同僚 から たくさん の**
どうりょう
同事　　　　　　很多

★〔從同事⋯〕　　★〔很多的⋯〕
助詞用〔から〕　　助詞用〔の〕

★★★★★★★★★★★★★★★★★★★★★★★★★★★★★★★★★★
3 ⋯ 聊 八 卦 是 娛 樂 ⋯

聊八卦是我上班的娛樂之一。

➡➡➡➡➡➡➡➡ **噂 話 は 職 場 の**
うわさばなし　　　　しょくば
八卦　　　　　　上班

★助詞（無義）

★〔上班的⋯〕
助詞用〔の〕

* *

| うわさばなし
| 噂 話 を する |。

★ 噂話をする（聊八卦）
★ 噂話（八卦）
★ する（做）

〔する〕是〔他動詞〕，慣用〔…を＋する〕

* *

| うわさばなし　　き
| 噂 話 を 聞いた |。

★ 噂話を聞く（聽到八卦）
★ 噂話（八卦）
★ 聞く（聽到）→ 聞いた（聽到了・た形）

〔聞く〕是〔他動詞〕，慣用〔…を＋聞く〕

* *

たの　　　　　　　　　ひと
楽しみ の 一つだ。
樂趣　　　　　　一個 （斷定助動詞）

　　★〔樂趣的…〕助詞用〔の〕
　　★〔…的樂趣之一〕用〔…の楽しみの一つ〕

① 寫電子郵件 ➡

1 … 寫 電 子 郵 件 …

我撰寫電子郵件。➡➡➡➡➡➡➡➡➡➡➡

〔書く〕是〔他動詞〕，
慣用〔…を＋書く〕

2 … 附 加 檔 案 …

我在郵件上附加檔案。➡➡➡ **メール に**

郵件

★〔在郵件上…〕
助詞用〔に〕

3 … 寄 電 子 郵 件 …

我寄出電子郵件。➡➡➡➡➡➡➡➡➡➡➡

〔送信する〕是〔他動詞〕，
慣用〔…を＋送信する〕

② 附加檔案 ➡ ③ 寄電子郵件

****

| メール を 書^かく |。

★ メールを書く（撰寫電子郵件）
★ メール（電子郵件）
★ 書く（寫）

****

| ファイル を 添付^{てん ぷ}する |。

★ ファイルを添付する（附加檔案）
★ ファイル（檔案）
★ 添付する（添加）

〔添付する〕是〔他動詞〕，
慣用〔…を＋添付する〕

****

| メール を 送信^{そうしん}する |。

★ メールを送信する（寄出電子郵件）
★ メール（郵件）
★ 送信する（發送）

131 收電子郵件

CD5-23

 ① 收電子郵件 ➡

1 … 收 電 子 郵 件 …

我接收電子郵件。➡➡➡➡➡➡➡➡➡➡

〔受信する〕是〔他動詞〕，
慣用〔…を＋受信する〕

2 … 收 到 垃 圾 郵 件 …

我收到很多垃圾郵件。➡➡➡➡ **たくさん**
很多

3 … 刪 電 子 郵 件 …

我刪除電子郵件。➡➡➡➡➡➡➡➡➡➡

〔削除する〕是〔他動詞〕，
慣用〔…を＋削除する〕

****

| メール を 受信する |。

じゅしん

★メールを受信する（接收電子郵件）
★メール（電子郵件）
★受信する（接收）

****

| 迷惑メール を 受信した |。

めいわく　　　　　じゅしん

★迷惑メールを受信する（收到垃圾郵件）
★迷惑メール（垃圾郵件）
★受信 する（收到）→ 受信 した（收到了・た形）

〔受信する〕是〔他動詞〕，
慣用〔…を＋受信する〕

****

| メール を 削除する |。

さくじょ

★メールを削除する（刪除電子郵件）
★メール（電子郵件）
★削除する（刪除）

132 網路購物

① 上網買東西 ➡

1 … 上 網 買 東 西 …

我上網買東西。➡➡ インターネット で
網路

★〔透過網路做…〕
助詞用〔で〕

2 … 比 較 價 錢 …

我上不同網站比較價錢。

➡➡➡➡➡➡➡ 異（こと）なる ウェブサイト で
網站

★ 異なる（不同）

★〔透過網站做…〕
助詞用〔で〕

3 … 擔 心 買 到 假 貨 …

我擔心買到假貨。

➡➡➡ ニセもの を つかませられる

★ニセものをつかませられる（買到假貨）
★ニセもの（假貨）
★つか む（抓住）→ つか ませられる
（使…可能被抓住・使役可能形）

* *

かいもの
買物する。

★ 買物する（買東西）

* *

ね だん　　 ひ かく
値段 を 比較する 。

★ 値段を比較する（比較價錢）
★ 値段（價錢）
★ 比較する（比較）　　〔比較する〕是〔他動詞〕，
　　　　　　　　　　　　慣用〔…を＋比較する〕

* *

　　★〔擔心…事情〕
　　　用〔…こと＋が＋心配だ〕

　　　　　　しんぱい
こと が 心配 だ。
　　　　　　擔心　（斷定助動詞）

〔つかむ〕是〔他動詞〕，慣用〔…を＋つかむ〕

323

133 網路購物付款

① ATM轉帳付款 ➡

1 …ATM轉帳付款…

我選擇ATM轉帳付款。 ➡➡➡➡➡➡➡➡➡

〔選択する〕是〔他動詞〕，
慣用〔…を＋選択する〕

2 …信用卡付款…

我選擇信用卡線上付款。

➡➡➡➡➡➡➡➡ <u>インターネット</u> で の
　　　　　　　　　 網路

★〔在網路上的…〕
　助詞用〔での〕

3 …便利商店取貨付款…

我選擇在便利商店取貨付款。

➡➡➡➡ <u>コンビニ</u> で の <u>受け取り</u> と
　　　　 便利商店　　　　　　　 取貨

★〔在便利商店的…〕
　助詞用〔での〕

★〔取貨和…〕
　助詞用〔と〕

方式

****

<ruby>ＡＴＭ振込<rt>エーティーエムふりこみ</rt></ruby> を <ruby>選択する<rt>せんたく</rt></ruby> 。

★ATM振込を選択する（選擇ATM轉帳付款）
★ATM振込（ATM轉帳付款）
★選択する（選擇）

****

<ruby>クレジット決済<rt>けっさい</rt></ruby> を <ruby>選択する<rt>せんたく</rt></ruby> 。

★クレジット決済を選択する（選擇信用卡付款）
★クレジット決済（信用卡付款）
★選択する（選擇）　〔選択する〕是〔他動詞〕，
　　　　　　　　　　慣用〔…を＋選択する〕

****

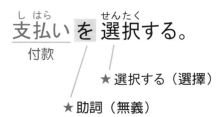

<ruby>支払い<rt>し はら</rt></ruby> を <ruby>選択する<rt>せんたく</rt></ruby>。
付款

　　　　　　★選択する（選擇）

★助詞（無義）

① 下載音樂 ➡

①
****
… 下 載 音 樂 …

我從網路下載音樂。 <u>インターネット</u> で
　　　　　　　　　　　網路

★〔透過網路…〕
　助詞用〔で〕

②
****
… 下 載 軟 體 …

我從網路下載軟體。 <u>インターネット</u> で
　　　　　　　　　　　網路

★〔透過網路…〕
　助詞用〔で〕

③
****
… 下 載 圖 片 …

我從網路下載圖片。 <u>インターネット</u> で
　　　　　　　　　　網路

★〔透過網路…〕
　助詞用〔で〕

* *

おんがく
音楽 を ダウンロードする 。

★ 音楽をダウンロードする（下載音樂）
★ 音楽（音樂）
★ ダウンロードする（下載）

〔ダウンロードする〕是〔他動詞〕，
慣用〔…を＋ダウンロードする〕

* *

ソフト を ダウンロードする 。

★ ソフトをダウンロードする（下載軟體）
★ ソフト（軟體）
★ ダウンロードする（下載）

〔ダウンロードする〕是〔他動詞〕，
慣用〔…を＋ダウンロードする〕

* *

が ぞう
画像 を ダウンロードする 。

★ 画像をダウンロードする（下載圖片）
★ 画像（圖片）
★ ダウンロードする（下載）

〔ダウンロードする〕是〔他動詞〕，
慣用〔…を＋ダウンロードする〕

135 變更首頁

① 目前首頁是Yahoo ➡

1 ··· 目前的首頁是 ···

我現在的首頁是Yahoo。➡➡➡ 今 の
今（いま）
現在

★〔現在的…〕
助詞用〔の〕

2 ··· 想變更 ···

我想變更首頁。➡➡➡➡➡➡➡➡➡➡➡

〔変更する〕是〔他動詞〕，
慣用〔…を＋変更する〕

3 ··· 設定為 Google···

我打算將首頁設定為 Google。

➡➡➡ トップページ は グーグル に
首頁　　　　　　　Google

★助詞（無義）

★〔決定設為…〕
用〔…に＋する〕

* *

<u>トップページ</u> は <u>ヤフー</u> だ。
　　首頁　　　　　Yahoo　（斷定助動詞）

　　　★ 助詞（無義）

* *

| トップページ を 変更したい |。
　　　　　　　　　　へんこう

　★トップページを変更する（變更首頁）
　★トップページ（首頁）
　★変更 する（變更）→
　　変更 したい（想變更・希望形）

* *

する つもり だ。
　　　　打算　（斷定助動詞）

★ する（做）

① 無法連線 ➡

1 … 無 法 連 線 …

我的網路無法連線。➡➡ **インターネット**
網路

2 … 無 法 搜 尋 資 料 …

我無法上網搜尋資料。

➡➡➡➡➡ **インターネット で 資料 の**
　　　　　　上網　　　　　　しりょう
　　　　　　　　　　　　　　資料

★〔透過網路…〕
助詞用〔で〕

★〔資料的…〕
助詞用〔の〕

3 … 不 能 收 發 電 子 郵 件 …

我不能收發電子郵件。➡➡ **メール の**
電子郵件

★〔電子郵件的…〕
助詞用〔の〕

****

が 接続^{せつぞく}できない。

★ 接続 する（連線）→
接続 できない（無法連線・可能否定形）

★〔無法連線…〕
用〔…が＋接続できない〕

****

〔できる〕是〔自動詞〕，
慣用〔…が＋できる〕

検索^{けんさく} が できない 。

★ 検索ができない（不能搜尋）
★ 検索（搜尋）
★ でき る（能）→
でき ない（不能・否定形）

****

送受信^{そうじゅしん} が できない 。

★ 送受信ができない（無法收發信件）
★ 送受信（收發信件）
★ でき る（能）→ でき ない（不能・否定形）

〔できる〕是〔自動詞〕，慣用〔…が＋できる〕

① 網路很慢 ➡

❶ … 網路 很 慢 …

我的網路速度很慢。➡➡ インターネット

網路

❷ … 開 網 頁 耗 時 …

我開啓網頁要花很久的時間。

➡➡➡➡ | ホームページ を 開く | の

★ ホームページを開く（開啓網頁）　★ 助詞（指
★ ホームページ（網頁）　　　　　　〔ホームページ
★ 開く（開啓）　　　　　　　　　　を開く〕）

〔開く〕是〔他動詞〕，慣用〔…を＋開く〕

❸ … 下 載 等 很 久 …

我下載東西要等很久。➡ ダウンロード

下載

* *

が とても 遅い。
　　　非常　　慢的

★ 助詞（無義）

* *

〔かかる〕是〔自動詞〕，
慣用〔…が＋かかる〕

に とても 時間 が かかる 。
　　　非常

★〔對於…事情〕　　★ 時間がかかる（耗時）
　助詞用〔に〕　　　★ 時間（時間）
　　　　　　　　　　★ かかる（花費）

* *

に とても 時間 が かかる 。
　　　非常

★〔對於…事情〕　　★ 時間がかかる（耗時）
　助詞用〔に〕　　　★ 時間（時間）
　　　　　　　　　　★ かかる（花費）

〔かかる〕是〔自動詞〕，
慣用〔…が＋かかる〕

138 刷牙

① 打開牙膏 ➡

1 …打開牙膏…

我打開牙膏。➡➡➡➡➡➡➡➡➡➡➡➡➡

〔開ける〕是〔他動詞〕，
慣用〔…を＋開ける〕

2 …擠牙膏…

我把牙膏擠在牙刷上。➡ 歯ブラシ に
　　　　　　　　　　　　 は
　　　　　　　　　　　　 牙刷

★〔擠在牙刷上〕
　助詞用〔に〕

3 …刷牙…

我刷牙。➡➡➡➡➡➡➡➡ 歯 を 磨く 。
　　　　　　　　　　　　 は　　 みが

★ 歯を磨く（刷牙）
★ 歯（牙齒）
★ 磨く（刷）

 ❷ 擠牙膏 ➡ ❸ 刷牙

****

| は み が　こ　　あ |
| 歯磨き粉 を 開ける |

★歯磨き粉を開ける（打開牙膏）
★歯磨き粉（牙膏）
★開ける（打開）

****

| は み が　こ |
| 歯磨き粉 を つける |

★歯磨き粉をつける（擠牙膏）
★歯磨き粉（牙膏）
★つける（沾上）

〔つける〕是〔他動詞〕，慣用〔…を＋つける〕

****

〔磨く〕是〔他動詞〕，慣用〔…を＋磨く〕

① 含一口水 ➡

1

… 含 一 口 水 …

我含一口水在嘴巴裡。➡➡➡➡➡➡ 口 に
〔くち〕
嘴巴

★〔含在嘴巴裡〕
助詞用〔に〕

2

… 漱 口 …

我漱漱口。➡➡➡➡➡ 口 を 漱ぐ 。
〔くち〕 〔すす〕

★ 口を漱ぐ（漱口）
★ 口（嘴巴）
★ 漱ぐ（漱）

3

… 吐 掉 …

我把水吐掉。➡➡ 水 を 吐き出す 。
〔みず〕 〔は〕〔だ〕

★ 水を吐き出す（把水吐掉）
★ 水（水）
★ 吐き出す（吐掉）

❷ 漱口 ➡ ❸ 吐掉

* *

みず　　 ふく
水 を 含む 。

★水を含む（含著水）
★水（水）
★含む（含著）

〔含む〕是〔他動詞〕，慣用〔…を＋含む〕

* *

〔漱ぐ〕是〔他動詞〕，慣用〔…を＋漱ぐ〕

* *

〔吐き出す〕是〔他動詞〕，慣用〔…を＋吐き出す〕

140 用洗面乳洗臉

① 塗洗面乳 ➡

1 … 塗洗面乳在 …

我在臉上塗洗面乳。➡➡➡➡➡➡➡ 顔 に
かお
臉

★〔塗在臉上〕
　助詞用〔に〕

2 … 沖掉洗面乳 …

我用清水沖掉洗面乳。➡➡➡➡➡ 水 で
みず
清水

★〔用清水…〕
　助詞用〔で〕

3 … 擦乾臉 …

我用毛巾擦乾臉。➡➡➡➡➡➡ タオル で
毛巾

★〔用毛巾…〕
　助詞用〔で〕

* *

<ruby>洗顔料<rt>せんがんりょう</rt></ruby> を つける

★ 洗顔料をつける（塗洗面乳）
★ 洗顔料（洗面乳）
★ つける（塗上）

〔つける〕是〔他動詞〕，慣用〔…を＋つける〕

* *

<ruby>洗顔料<rt>せんがんりょう</rt></ruby> を <ruby>流す<rt>なが</rt></ruby>

★ 洗顔料を流す（沖掉洗面乳）
★ 洗顔料（洗面乳）
★ 流す（沖掉）

〔流す〕是〔他動詞〕，慣用〔…を＋流す〕

* *

<ruby>顔<rt>かお</rt></ruby> を <ruby>拭く<rt>ふ</rt></ruby>

★ 顔を拭く（擦乾臉）
★ 顔（臉）
★ 拭く（擦拭）

〔拭く〕是〔他動詞〕，慣用〔…を＋拭く〕

339

CD6-6

 ① 抹肥皂 ⇒

1 … 抹肥皂 …

我在手上塗抹肥皂。⇒⇒⇒⇒⇒⇒ 手に

て

手

★〔塗在手上〕
助詞用〔に〕

2 … 沖掉肥皂泡沫 …

我用水沖掉肥皂泡沫。 水で 石鹸 の

みず　　せっけん

水　　　肥皂

★〔肥皂的…〕
助詞用〔の〕

★〔用水…〕助詞用〔で〕

3 … 擦乾手 …

我用毛巾擦乾手。⇒⇒⇒⇒⇒⇒ タオルで

毛巾

★〔用毛巾…〕
助詞用〔で〕

* *

| <ruby>石鹸<rt>せっけん</rt></ruby> を つける |。

★ 石鹸をつける（塗肥皂）
★ 石鹸（肥皂）
★ つける（塗上）

〔つける〕是〔他動詞〕，慣用〔…を＋つける〕

* *

| <ruby>泡<rt>あわ</rt></ruby> を <ruby>洗<rt>あら</rt></ruby>い<ruby>落<rt>お</rt></ruby>とす |。

★ 泡を洗い落とす（沖掉泡沫）
★ 泡（泡沫）
★ 洗い落とす（沖掉）

〔洗い落とす〕是〔他動詞〕，
慣用〔…を＋洗い落とす〕

* *

| <ruby>手<rt>て</rt></ruby> を <ruby>拭<rt>ふ</rt></ruby>く |。

★ 手を拭く（擦乾手）
★ 手（手）
★ 拭く（擦拭）

〔拭く〕是〔他動詞〕，慣用〔…を＋拭く〕

CD6-7

① 擠刮鬍泡沫 ➡

1 ··· 擠 刮 鬍 泡 沫 ···

我擠出刮鬍泡沫。➡➡➡➡➡➡➡➡➡➡

2 ··· 塗 刮 鬍 泡 沫 ···

我將刮鬍泡沫塗在臉上。➡➡➡ <ruby>顔<rt>かお</rt></ruby> に

臉

★〔塗在臉上〕
助詞用〔に〕

3 ··· 刮 鬍 子 ···

我用刮鬍刀刮鬍子。➡➡➡ カミソリ で

刮鬍刀

★〔用刮鬍刀…〕
助詞用〔で〕

❷ 塗刮鬍泡沫 ➡ ❸ 刮鬍子

****

| シェービングクリーム を 搾_{しぼ}り出_だす |。

★シェービングクリームを搾り出す（擠出刮鬍泡沫）
★シェービングクリーム（刮鬍泡沫）
★搾り出す（擠出）

〔搾り出す〕是〔他動詞〕，
慣用〔…を＋搾り出す〕

****

| シェービングクリーム を つける |。

★シェービングクリームをつける（塗刮鬍泡沫）
★シェービングクリーム（刮鬍泡沫）
★つける（塗上）

〔つける〕是〔他動詞〕，慣用〔…を＋つける〕

****

| ひげ を そる |。

★ひげをそる（刮鬍子）
★ひげ（鬍子）
★そる（刮）

〔そる〕是〔他動詞〕，慣用〔…を＋そる〕

343

143 上廁所

① 衝到廁所 ➡

① … 衝 到 廁 所 …

我急忙衝進廁所。➡➡ あわてて トイレ
　　　　　　　　　　　　　　　　廁所

★ あわて る（慌張）→
　あわて て（慌張・て形）

② … 上 廁 所 …

我上廁所。➡➡➡➡➡➡➡➡ トイレ で
　　　　　　　　　　　　　　　廁所

★〔在廁所…〕
　助詞用〔で〕

③ … 沖 馬 桶 …

我沖馬桶。➡➡➡➡➡ 水 を 流す 。
　　　　　　　　　　みず　　なが

★ 水を流す（沖水）
★ 水（水）
★ 流す（沖走）

に 駆け込む。

★ 駆け込む（衝進）

★〔衝進廁所裡〕助詞用〔に〕

用 を 足す。

★ 用を足す（大小便）
★ 用（事情）
★ 足す（達成）

〔足す〕是〔他動詞〕，慣用〔…を＋足す〕

〔流す〕是〔他動詞〕，慣用〔…を＋流す〕

① 塗卸妝油 ➡

1
··· 塗卸妝油 ···

我將卸妝油塗在臉上。➡➡➡➡➡ 顔_{かお} に

臉

★〔塗在臉上〕
助詞用〔に〕

2
··· 按摩臉部 ···

我用卸妝油按摩臉部。

➡➡➡➡➡➡➡ メイク落_おとしオイル で

卸妝油

★〔用卸妝油…〕
助詞用〔で〕

3
··· 沖掉卸妝油 ···

我沖掉臉上的卸妝油。➡➡➡➡➡ 顔_{かお} の

臉

★〔臉上的…〕
助詞用〔の〕

* *

| メイク落_おとしオイル を つける |。

★ メイク落としオイルをつける（塗卸妝油）
★ メイク落としオイル（卸妝油）
★ つける（塗上）

〔つける〕是〔他動詞〕，慣用〔…を＋つける〕

* *

〔マッサージする〕是〔他動詞〕，
慣用〔…を＋マッサージする〕

| 顔_{かお} を マッサージする |。

★ 顔をマッサージする（按摩臉部）
★ 顔（臉）
★ マッサージする（按摩）

* *

| メイク落_おとしオイル を 洗_{あら}い流_{なが}す |。

★ メイク落としオイルを洗い流す（沖掉卸妝油）
★ メイク落としオイル（卸妝油）
★ 洗い流す（沖洗）

〔洗い流す〕是〔他動詞〕，
慣用〔…を＋洗い流す〕

CD6-10

① 塗沐浴乳 ⮕

1 ··· 塗 沐 浴 乳 ···

我在身上塗抹沐浴乳。⮕⮕⮕⮕ <ruby>体<rt>からだ</rt></ruby> **に**

身體

★〔塗在身上〕
　助詞用〔に〕

2 ··· 沖 掉 ··· 沐 浴 乳 ···

我沖掉身上的沐浴乳。⮕⮕⮕⮕ <ruby>体<rt>からだ</rt></ruby> **の**

身體

★〔身上的…〕
　助詞用〔の〕

3 ··· 擦 乾 身 體 ···

我用浴巾擦乾身體。⮕ **バスタオル で**

浴巾

★〔用浴巾…〕
　助詞用〔で〕

* *

> ボディソープ を つける 。

★ ボディソープをつける（塗抹沐浴乳）
★ ボディソープ（沐浴乳）
★ つける（塗抹）

〔つける〕是〔他動詞〕，慣用〔…を＋つける〕

* *

> ボディソープ を 洗い落とす 。
> あら お

★ ボディソープを洗い落とす（沖掉沐浴乳）
★ ボディソープ（沐浴乳）
★ 洗い落とす（沖洗）

〔洗い落とす〕是〔他動詞〕，
慣用〔…を＋洗い落とす〕

* *

> 体 を 拭く 。
> からだ ふ

★ 体を拭く（擦乾身體）
★ 体（身體）
★ 拭く（擦拭）

〔拭く〕是〔他動詞〕，慣用〔…を＋拭く〕

349

146 洗頭髮

① 抹洗髮精 ➡

①
… 抹 洗 髮 精 …

我在頭髮上抹洗髮精。➡➡➡➡➡➡ <ruby>髪<rt>かみ</rt></ruby> に

頭髮

★〔抹在頭髮上〕
助詞用〔に〕

②
… 洗 頭 …

我洗頭髮。➡➡➡ <ruby>髪<rt>かみ</rt></ruby> を <ruby>洗う<rt>あら</rt></ruby> 。

★ 髪を洗う（洗頭髮）
★ 髪（頭髮）
★ 洗う（洗）

③
… 擦 乾 頭 髮 …

我用毛巾擦乾頭髮。➡➡➡➡ タオル で

毛巾

★〔用毛巾…〕
助詞用〔で〕

* *

シャンプー を つける 。

★ シャンプーをつける（抹洗髮精）
★ シャンプー（洗髮精）
★ つける（抹上）

〔つける〕是〔他動詞〕，慣用〔…を＋つける〕

* *

〔洗う〕是〔他動詞〕，慣用〔…を＋洗う〕

* *

髪(かみ) を 拭(ふ)く 。

★ 髪を拭く（擦乾頭髪）
★ 髪（頭髮）
★ 拭く（擦拭）

〔拭く〕是〔他動詞〕，慣用〔…を＋拭く〕

351

147 泡澡

① 放滿熱水 ⇒

★★★★★★★★★★★★★★★★★★★★★★★★★★★★★★

1 … 放 熱 水 …

我放熱水到浴缸。 ⇒⇒⇒⇒⇒ バスタブ に

浴缸

★〔放水到浴缸裡…〕
助詞用〔に〕

★★★★★★★★★★★★★★★★★★★★★★★★★★★★★★

2 … 會 不 會 太 燙 …

我試試水溫會不會太燙。⇒ 熱^{あつ}すぎない

★ 熱すぎ る（太燙）→
熱すぎ ない
（不會太燙・否定形）

★★★★★★★★★★★★★★★★★★★★★★★★★★★★★★

3 … 泡 澡 …

我舒服地泡澡。⇒⇒⇒⇒⇒⇒⇒⇒ 気持^{き も}ち

感覺

* *

| お湯 を 入れる | 。

★お湯を入れる（放熱水）
★お湯（熱水）
★入れる（放入）

〔入れる〕是〔他動詞〕，慣用〔…を＋入れる〕

* *

かどうか 確かめる。
不確定會不會…

★確かめる（確定）

* *

よく入浴する。

★入浴する（泡澡）

★よい（好的・い形容詞）→
　よく（好的・い形容詞連用形）

① 量口溫 ➡

① …量口溫…

我用體溫計量口溫。➡➡➡➡➡ 体温計 で
たいおんけい
體溫計

★〔用體溫計…〕
助詞用〔で〕

② …量腋溫…

我用體溫計量腋溫。

➡➡➡➡➡➡➡ 体温計 で 脇 の 下
たいおんけい　　　　わき　　　した
體溫計　　　脇肢窩　下面

★〔用體溫計…〕　　★〔胳肢窩的…〕
助詞用〔で〕　　　助詞用〔の〕
　　　　　　　　　★ 脇の下（腋下）

③ …量耳溫…

我用耳溫槍量耳溫。➡ 耳式体温計 で
みみしきたいおんけい
耳溫槍

★〔用耳溫槍…〕
助詞用〔で〕

****

<ruby>口部体温<rt>こう ぶ たいおん</rt></ruby> を <ruby>測る<rt>はか</rt></ruby> 。

★ 口部体温を測る（量口溫）
★ 口部体温（口溫）
★ 測る（測量）

〔測る〕是〔他動詞〕，慣用〔…を＋測る〕

****

〔測る〕是〔他動詞〕，
慣用〔…を＋測る〕

の <ruby>体温<rt>たいおん</rt></ruby> を <ruby>測る<rt>はか</rt></ruby> 。

★〔下面的…〕
　助詞用〔の〕

★ 体温を測る（量體溫）
★ 体温（體溫）
★ 測る（測量）

****

<ruby>耳体温<rt>みみたいおん</rt></ruby> を <ruby>測る<rt>はか</rt></ruby> 。

★ 耳体温を測る（量耳溫）
★ 耳体温（耳溫）
★ 測る（測量）

〔測る〕是〔他動詞〕，慣用〔…を＋測る〕

149 吃藥

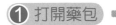

① 打開藥包 ➡

① ··· 打 開 藥 包 ···

我打開藥包。➡➡➡➡➡➡➡➡➡ 薬 の
くすり
薬

★〔藥的…〕
助詞用〔の〕

② ··· 吃 藥 ···

我吃藥。➡➡➡➡ 薬 を 飲んだ 。
くすり　　　の

★ 薬を飲む（吃藥）
★ 薬（藥）
★ 飲む（喝）→
　飲んだ（喝了·た形）

③ ··· 嘴 裡 有 苦 味 ···

我覺得嘴巴苦苦的。➡➡➡➡➡ 口 が
くち
嘴巴

★ 助詞（無義）

****

包み を 開ける 。

★包みを開ける（打開包裝紙）
★包み（包裝紙）
★開ける（打開）

〔開ける〕是〔他動詞〕，慣用〔…を＋開ける〕

****

〔飲む〕是〔他動詞〕，慣用〔…を＋飲む〕

****

苦く感じる。

　　★感じる（覺得）

★苦い（苦的・い形容詞）→
　苦く（苦的・い形容詞連用形）

357

150 感冒

CD6-15

① 頭痛 ➡

①
… 頭痛 …

我覺得頭痛。➡➡➡➡➡➡➡➡➡➡➡ <ruby>頭<rt>あたま</rt></ruby> が
頭

★ 助詞（無義）

②
… 發燒 流 鼻 涕 …

我發燒又流鼻涕。➡➡➡➡➡➡➡➡ <ruby>熱<rt>ねつ</rt></ruby> と
發燒

★〔發燒和…〕
助詞用〔と〕

③
… 我 感 冒 了 …

醫生說我感冒了。➡➡➡➡➡➡ <ruby>医者<rt>いしゃ</rt></ruby> は
醫生

★ 助詞（無義）

358

* *

とても 痛い。
非常 　痛的

* *

鼻水 が 出てきた 。

★ 鼻水が出てきた（流鼻涕）
★ 鼻水（鼻涕）
★ 出 る（流出）→
　 出 てきた（流出來・てくる形た形）

〔出る〕是〔自動詞〕，慣用〔…が＋出る〕

* *

風邪 だ と 言った。
感冒

　　　　　★ 言 う（說）→
　　　　　　 言 った（說了・た形）

★ 〔說是…〕用〔…だ＋と＋言う〕

359

151 到診所看病

CD6-16

① 掛號 ➡

❶ … 掛 號 …

我到櫃臺掛號。➡➡➡➡ **カウンター** で
櫃臺

★〔在櫃臺…〕
助詞用〔で〕

❷ … 幫 我 看 病 …

醫生幫我看病。➡➡➡➡➡➡ **医者** に
いしゃ
醫生

★〔讓醫生…〕助詞用〔に〕
★〔…幫我看病〕用
〔…に＋診察してもらう〕

❸ … 領 藥 …

一會兒之後，我領了藥。➡ **しばらくして**
稍等

★ **する**（做）→
して（做・て形）

360

❷ 幫我看病 ➡ ❸ 領藥
* *

うけつけ
受付する。

★ 受付する（掛號）

* *

しんさつ
診察して もらった。

★ もら う（幫我）→
　もら った（幫我了・た形）

★ 診察 する（看病）→
　診察 して（看病・て形）

* *

くすり
薬 を もらった 。

★ 薬をもらう（領藥）
★ 薬（藥）
★ もら う（我領到）→ もら った（我領到了・た形）
〔もらう〕是〔他動詞〕，慣用〔…を＋もらう〕

361

152 洗碗

① 擠洗碗精 ➡

1 … 擠洗碗精 …

我擠洗碗精到菜瓜布上。 ➡ スポンジ に

菜瓜布

★〔擠洗碗精到…〕
助詞用〔に〕

2 … 洗碗盤 …

我用菜瓜布洗碗盤。 ➡➡➡ スポンジ で

菜瓜布

★〔用菜瓜布…〕
助詞用〔で〕

3 … 沖乾淨 …

我把碗盤沖洗乾淨。 ➡➡➡➡➡ 水 で
みず
水

★〔用水…〕
助詞用〔で〕

② 洗碗盤 ➡ **③** 沖乾淨

* *

しょっき あら せんざい
食器洗い洗剤 を 出す 。
              だ

★ 食器洗い洗剤を出す（擠洗碗精）
★ 食器洗い洗剤（洗碗精）
★ 出す（擠出）

〔出す〕是〔他動詞〕，慣用〔…を＋出す〕

* *

さら あら
皿 を 洗う 。

★ 皿を洗う（洗碗盤）
★ 皿（盤子）
★ 洗う（洗）

〔洗う〕是〔他動詞〕，慣用〔…を＋洗う〕

* *

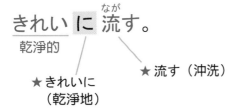

なが
きれい に 流す。
乾淨的
　　　　　　　　　★ 流す（沖洗）
　　★ きれいに
　　　（乾淨地）

153 用洗衣機洗衣

① 放入衣服 ➡

① … 把 衣 服 放 入 …

我把衣服放入洗衣機。➡➡ 洗濯機 に
せんたくき
洗衣機

★〔放入洗衣機〕
助詞用〔に〕

② … 倒 洗 衣 乳 …

我將洗衣乳倒入洗衣機。➡ 洗濯機 に
せんたくき
洗衣機

★〔倒入洗衣機〕
助詞用〔に〕

③ … 設 定 洗 衣 流 程 …

我按鈕設定洗衣流程。➡➡➡ ボタン で
按鈕

★〔用按鈕…〕
助詞用〔で〕

服

❷ 倒洗衣乳 ➡ ❸ 設定洗衣流程

＊＊＊＊＊＊＊＊＊＊＊＊＊＊＊＊＊＊＊＊＊＊＊＊＊＊＊

| 服 _{ふく} を 入れる _い | 。

★ 服を入れる（把衣服放入…）
★ 服（衣服）
★ 入れる（放進）

〔入れる〕是〔他動詞〕，慣用〔…を＋入れる〕

＊＊＊＊＊＊＊＊＊＊＊＊＊＊＊＊＊＊＊＊＊＊＊＊＊＊＊

| 洗剤 _{せんざい} を 入れる _い | 。

★ 洗剤を入れる（將洗衣乳倒入…）
★ 洗剤（洗衣乳）
★ 入れる（倒入）

〔入れる〕是〔他動詞〕，慣用〔…を＋入れる〕

＊＊＊＊＊＊＊＊＊＊＊＊＊＊＊＊＊＊＊＊＊＊＊＊＊＊＊

洗濯 _{せんたく} の | 手順 _{てじゅん} を 設定する _{せってい} | 。
洗衣服

★〔洗衣服的…〕
　助詞用〔の〕

★ 手順を設定する（設定順序）
★ 手順（順序）
★ 設定する（設定）

〔設定する〕是〔他動詞〕，
慣用〔…を＋設定する〕

365

① 浸泡衣服 ➡

1 … 浸泡衣服 …

我用洗衣乳浸泡衣服。➡➡➡➡➡ **洗剤** に
せんざい
洗衣乳

★〔用洗衣乳…〕
助詞用〔に〕

2 … 搓洗衣服 …

我用手搓洗衣服。➡➡➡➡➡➡➡ **手** で
て
手

★〔用手…〕
助詞用〔で〕

3 … 沖掉泡沫 …

我沖掉衣服上的泡沫。➡ **服** に ついた
ふく
衣服

★〔沾到…上〕用
〔…に＋つく〕

★つく（沾上）→
ついた（沾上的・た形）

* *

ふく　　　　　　お
服 を つけ置きする 。

★ 服をつけ置きする（浸泡衣服）
★ 服（衣服）
★ つけ置きする（浸泡）

〔つけ置きする〕是〔他動詞〕，
慣用〔…を＋つけ置きする〕

* *

ふく　　　も　　あら
服 を 揉み洗いする 。

★ 服を揉み洗いする（搓洗衣服）
★ 服（衣服）
★ 揉み洗いする（搓洗）

〔揉み洗いする〕是〔他動詞〕，
慣用〔…を＋揉み洗いする〕

* *

あわ　　なが　　お
泡 を 流し落とす 。

★ 泡を流し落とす（沖掉泡沫）
★ 泡（泡沫）
★ 流し落とす（沖掉）

〔流し落とす〕是〔他動詞〕，
慣用〔…を＋流し落とす〕

155 倒垃圾

① 做垃圾分類 ➡

❶ … 做 垃 圾 分 類 …

我做垃圾分類。➡➡➡➡➡➡➡➡➡➡➡➡

〔分類する〕是〔他動詞〕，
慣用〔…を＋分類する〕

❷ … 垃 圾 車 來 了 …

我聽到垃圾車來了。 ゴミ回収車 の
　　　　　　　　　　かいしゅうしゃ
　　　　　　　　　　垃圾車

★〔垃圾車的…〕
　助詞用〔の〕

❸ … 倒 垃 圾 …

我去倒垃圾。➡➡➡➡➡ ゴミ を 捨て
　　　　　　　　　　　　　　　　す

★ゴミを捨てる（倒垃圾）★ゴミ（垃圾）
★捨てる（丟棄）→ 捨て（丟棄・連用形）

〔捨てる〕是〔他動詞〕，
慣用〔…を＋捨てる〕

❷ 垃圾車來了 ➡ ❸ 倒垃圾

ゴミ を 分類する 。

★ ゴミを分類する（垃圾分類）
★ ゴミ（垃圾）
★ 分類する（分類）

音 が 聞こえる 。

★ 音が聞こえる（聽到聲音）
★ 音（聲音）
★ 聞こえる（聽到）

〔聞こえる〕是〔自動詞〕，
慣用〔…が＋聞こえる〕

に いく。

★ いく（去）

★ 〔為了…目的而去〕
用〔連用形＋に＋いく〕
★ …捨てにいく（去丟…）

156 清潔地板

① 掃地 ➡

1 … 掃 地 …

我掃地。➡➡➡ | 掃き掃除 を する | 。

★ 掃き掃除をする（掃地）
★ 掃き掃除（打掃）
★ する（做）

2 … 拖 地 …

我拖地。➡➡ | モップがけ を する | 。

★ モップがけをする（拖地）
★ モップがけ（拖地）
★ する（做）

3 … 用 吸 塵 器 吸 地 毯 …

我用吸塵器吸地毯。➡➡➡ 掃除機 で
吸塵器

★〔用吸塵器…〕
助詞用〔で〕

❷ 拖地 ➡ ❸ 用吸塵器吸地毯
＊＊＊＊＊＊＊＊＊＊＊＊＊＊＊＊＊＊＊＊＊＊＊＊＊＊＊＊＊＊＊＊＊＊＊＊

〔する〕是〔他動詞〕，慣用〔…を＋する〕

＊＊＊＊＊＊＊＊＊＊＊＊＊＊＊＊＊＊＊＊＊＊＊＊＊＊＊＊＊＊＊＊＊＊＊＊

〔する〕是〔他動詞〕，慣用〔…を＋する〕

＊＊＊＊＊＊＊＊＊＊＊＊＊＊＊＊＊＊＊＊＊＊＊＊＊＊＊＊＊＊＊＊＊＊＊＊

| 絨毯 を 掃除する |。
じゅうたん　　そうじ

★ 絨毯を掃除する（吸地毯）
★ 絨毯（地毯）
★ 掃除する（打掃）

〔掃除する〕是〔他動詞〕，
慣用〔…を＋掃除する〕

371

157 上課鈴響

① 上課鈴響 ➡

1 … 上課鈴響 …

我聽到上課鈴聲響。➡➡➡➡➡ 授業 の
（じゅぎょう）
上課

★〔上課的…〕
　助詞用〔の〕

2 … 進教室 …

我進教室。➡➡➡➡➡➡➡➡➡➡➡ 教室
（きょうしつ）
教室

3 … 準備上課 …

我拿出課本準備上課。

➡➡➡➡➡➡➡➡➡ 教科書 を 出し
（きょうかしょ）（だ）

★教科書を出す（拿出課本）★教科書（課本）
★出す（拿出）→ 出し（拿出・連用形）

〔出す〕是〔他動詞〕，慣用〔…を＋出す〕

372

* *

チャイム が 聞こえる 。

★チャイムが聞こえる（聽到鐘響）
★チャイム（鐘聲）
★聞こえる（聽到）

〔聞こえる〕是〔自動詞〕，
慣用〔…が＋聞こえる〕

* *

に 入る。
　　は い

　　　★入る（進入）

★〔進教室〕
　助詞用〔に〕

* *

　　　　　　　★〔上課的…〕助詞用〔の〕

授業 の 準備 を する 。
じゅぎょう　　じゅん び
上課

　　　　★準備をする（做準備）★する（做）

〔する〕是〔他動詞〕，
慣用〔…を＋する〕

158 上課

CD6-23

 聽課 ➡

① … 聽課 …

我聽老師講課。 ➡➡➡➡➡➡➡ **先生** の
せんせい
老師

★〔老師的…〕
助詞用〔の〕

② … 抄筆記 …

我認真抄筆記。 ➡➡➡➡➡➡ **真面目** に
まじめ
認真的

★ 真面目に
（認真地）

③ … 提出問題 …

我向老師提出問題。 ➡➡➡➡➡➡➡ **先生**
せんせい
老師

* *

| 授業 を 聞く | 。
じゅぎょう　　　き

★ 授業を聞く（聽課）
★ 授業（講課）
★ 聞く（聽）

〔聞く〕是〔他動詞〕，慣用〔…を＋聞く〕

* *

| ノート を とる | 。

★ ノートをとる（抄筆記）
★ ノート（筆記）
★ とる（抄寫）

〔とる〕是〔他動詞〕，慣用〔…を＋とる〕

* *

| に | 質問する。
しつもん

　　　　★ 質問する（提出問題）

★〔向老師…〕助詞用〔に〕
★〔向…提出問題〕用〔…に＋質問する〕

159 參加考試

① 參加考試 ➡

1 … 參 加 考 試 …

★★★★★★★★★★★★★★★★★★★★★★★★★★★★★★★★★★★

我參加考試。➡➡➡➡➡➡➡➡➡➡ テスト
考試

2 … 題 目 不 會 寫 …

★★★★★★★★★★★★★★★★★★★★★★★★★★★★★★★★★★★

我有些題目不會寫。➡➡➡ いくつか の
有幾個

★〔有幾個的…〕
助詞用〔の〕

3 … 交 考 卷 …

★★★★★★★★★★★★★★★★★★★★★★★★★★★★★★★★★★★

我繳交考卷。 | テストを 提 出する |。
ていしゅつ

★テストを提出する（繳交考卷）
★テスト（考卷）
★提出する（繳交）

* *

に 参加^{さんか}する。

★ 参加する（参加）

★〔参加…〕用〔…に＋参加する〕

* *

問題^{もんだい} は 書^かけない。
題目

★ 助詞
（無義）

★ 書く（寫）→
書 けない（不會寫・可能形否定）
★ 問題は書けない（題目不會寫）

* *

〔提出する〕是〔他動詞〕，慣用〔…を＋提出する〕

① 不抄筆記 ➡

1 … 不抄筆記 …

我上課從不抄筆記。➡➡➡➡➡ 授業 で
じゅぎょう
上課

★〔在上課時〕
助詞用〔で〕

2 … 期中考（期末考）到了 …

期中考（期末考）快到了。

➡➡➡➡➡➡➡ 中間（期末）試験 が
ちゅうかん き まつ し けん
期中（期末）考

★助詞（無義）

3 … 借筆記影印 …

我趕緊向同學借筆記影印。

➡➡➡➡➡➡➡➡➡➡ 早く 同級生 に
はや どうきゅうせい
同學

★早い（趕緊・い形容詞）→
早く（趕緊・い形容詞連用形）

★〔向同學…〕
助詞用〔に〕

****

| ノート を とった | こと が ない。

…的經驗　　　沒有

★ ノートをとる（抄筆記）
★ ノート（筆記）
★ とる（抄寫）→　　　★〔沒有過…的經驗〕用
　とった（抄寫了・た形）　〔た形＋こと＋が＋
　　　　　　　　　　　　　　ない〕

〔とる〕是〔他動詞〕，慣用〔…を＋とる〕

****

<ruby>近<rt>ちか</rt></ruby>づいている。

★ 近づく（接近）→
　近づいている（正接近・ている形）

****

　　　　　★ コピー する（影印）→
　　　　　　コピー しよう（我要影印・意向形）

| ノート を <ruby>借<rt>か</rt></ruby>りて | コピーしよう。

★ ノートを借りる（借筆記）★ ノート（筆記）
★ 借りる（借）→ 借りて（借・て形）

〔借りる〕是〔他動詞〕，慣用〔…を＋借りる〕

379

檸檬樹 出版社

Lem O n Tree Books

萬用日語　03
日語短句萬用手冊

企畫／王琪
作者／田中祥子
發行人／江媛珍
出版發行／檸檬樹國際書版有限公司
　　　　　檸檬樹出版社
地址／台北縣 235 中和市中和路 400 巷 31 號 2 樓
電話／02-2927-1121
傳真／02-2927-2336
e-mail／lemontree@booknews.com.tw
社長兼總編輯／何聖心
日文主編／連詩吟
英文主編／黃若璇
助理編輯／廖國卉
會計行政／方靖淳
內文排版／凱立國際資訊股份有限公司
法律顧問／第一國際法律事務所　余淑杏律師

代理印務及全球總經銷／知遠文化事業有限公司
地址／台北縣 222 深坑鄉北深路三段 155 巷 23號 7 樓
電話／02-2664-8800
傳真／02-2664-8801
網址／www.booknews.com.tw

港澳地區經銷／和平圖書有限公司
地址／香港柴灣嘉業街 12 號百樂門大廈17 樓
電話／(852)2804-6687
傳真／(852)2804-6409

出版日期／2007 年 1 月初版
劃撥帳號／19726702
劃撥戶名／檸檬樹國際書版有限公司
＊ 單次購書金額未達 300 元，請另付 40 元郵資 ＊
＊ 信用卡／劃撥購書需 7-10 個工作天 ＊

日語短句萬用手冊
能表達／能聽懂【光碟版 6CD】

【獨家特價 333 元】

* 本優惠方案僅限台灣地區讀者
* 海外及大陸地區依郵寄方式另付郵資
* 贈品以實物為準，數量有限，送完將以等值商品替代，
  不另行通知

+

獨家特價 333 元

付款方式：

1.信用卡付款

* 請填妥背面「信用卡表格」或來電索取
  「放大版-信用卡傳真表格」
* 填妥後，傳真至：(02) 2927-2336

2.劃撥付款

請至郵局填寫劃撥單，

> * 並於劃撥單空白欄填寫
>   「日語短句萬用手冊—光碟版 6CD」

* 劃撥帳號：19726702
* 劃撥戶名：檸檬樹國際書版有限公司

★ 寄送時間：付款後 7-10 個工作天（不含週末假日）
★ 寄送方式：貨運或郵局掛號

【獨家特價 *333* 元信用卡表格】

● **持卡人資料**

姓名：＿＿＿＿＿＿＿身份證字號：＿＿＿＿＿＿

性別：□男 □女　生日：民國＿＿＿年＿＿月＿＿日

電話：＿＿＿＿＿＿＿＿＿　手機：＿＿＿＿＿＿＿

★ 我願意留下 e-mail，並收到新書資訊及電子報

e-mail：＿＿＿＿＿＿＿＠＿＿＿＿＿＿＿＿＿＿＿

學歷：□高中以下 □高中 □專科 □大學 □研究所以上

卡別：□VISA □Master □JCB □聯合

發卡銀行：＿＿＿＿＿＿＿＿＿＿

授權號碼：＿＿＿＿＿＿＿＿＿（此欄不用填寫）

卡號：＿＿＿＿＿-＿＿＿＿＿-＿＿＿＿＿ -＿＿＿＿＿

有效期限：西元 ＿＿＿＿月＿＿＿＿年

消費金額：＿＿＿＿＿元 卡片末三碼：＿＿＿＿＿

持卡人簽名：＿＿＿＿＿＿＿＿＿（需與信用卡一致）

● **寄送資料**

收件人姓名：＿＿＿＿＿＿＿＿＿＿＿＿＿

電話：＿＿＿＿＿＿＿＿＿　手機：＿＿＿＿＿＿＿

寄送地址：(請填寫白天有人收件地址)

□□□＿＿＿＿＿＿＿＿＿＿＿＿＿＿＿＿＿＿

＿＿＿＿＿＿＿＿＿＿＿＿＿＿＿＿＿＿＿＿＿＿

統一編號：＿＿＿＿＿＿＿＿＿＿＿＿＿

發票抬頭：＿＿＿＿＿＿＿＿＿＿＿＿＿

24 小時訂單傳真：(02) 2927-2336
讀者服務專線：(02) 2927-1121